L'ultimo faro

最后的灯塔

[意] 保拉·扎诺内尔 著

张燕燕 储可凡 译

中国出版集团

现代出版社

图书在版编目（CIP）数据

最后的灯塔 / (意) 保拉·扎诺内尔著；张燕燕，
储可凡译. -- 北京：现代出版社，2020.3
ISBN 978-7-5143-8309-6

Ⅰ.①最… Ⅱ.①保… ②张… ③储… Ⅲ.①中篇小
说—意大利—现代 Ⅳ.① I546.45

中国版本图书馆 CIP 数据核字 (2019) 第 272700 号

©2018, DeA Planeta Libri Srl
www.deaplanetalibri.it
本书中文简体版专有出版权经由中华版权代理总公司授予现代出版社
版权登记号：01-2020-0609

最后的灯塔

作　　者：(意) 保拉·扎诺内尔
译　　者：张燕燕　储可凡
策划编辑：王传丽
责任编辑：阎　欣　肖君澜
封面设计：所以设计馆
出版发行：现代出版社
通信地址：北京市安定门外安华里 504 号
邮政编码：100011
电　　话：010-64267325　64245264（传真）
网　　址：www.1980xd.com
电子邮箱：xiandai@vip.sina.com
印　　刷：三河市中晟雅豪印务有限公司
开　　本：880mm×1230mm　1/32
印　　张：7.75
字　　数：186 千字
版　　次：2020 年 5 月第 1 版　　印　　次：2020 年 5 月第 1 次印刷
书　　号：ISBN 978-7-5143-8309-6
定　　价：48.00 元

引子

　　树林越发稀疏，露出一大片林间空地，上面覆盖着茂密的灌木丛。一阵柔风袭过，树丛拂向一片矩形老旧建筑的废墟，建筑看起来如同一座厂房或兵营。废墟周围全是乳白色，犹如月球上的光景。破碎的白色大石板堆在一起，仿佛一整座房子不翼而飞，只剩下地板和一堆杂乱无章的碎石块儿。从这些光洁的大石块判断，飞走的恐怕得是一座希腊神庙。废墟前面，裂开的地板上有一个方形入口，入口边上长了一棵高大的乔木，上面挂满了红色的小浆果，树冠摇晃起来，像是在发出警告。

　　"好像是地板门！"都德一脸入迷地问，"你之前到这儿瞧过了吗？"

　　"这儿有下去的梯子。"瓦尔特提醒他。

　　"好家伙！真的有！"口香糖惊讶地伸长脖子探入洞口。

　　"这是矿工从地面下去的入口！"都德为自己的发现兴奋不已。

　　"我觉得这只是许多入口中的一个。卢齐奥提到过一个地下矿井。这应该只是其中一个入口。"

"那它通到哪儿？"琳问道。

"想知道的话，就要沿着梯子下去。"都德双眼泛光提议。

"你疯了？这样肯定会滑倒的。"口香糖往后退了退。

"打开手电筒，我们往里瞧瞧。"都德命令瓦尔特，瓦尔特早就拿出了自己形影不离的袖珍手电筒。

"什么都看不见！得用更亮的灯才行。"口香糖说。

"对，哪怕是要搬来体育场的照明灯！让我下去，正好瞧瞧到底是不是真的有梯子。"都德壮着胆子要下去。

琳拦住他："然后呢？知道真假又怎样？"

"别废话了，我们时间不多了，我下去了。"

"等你滑倒了就高兴了。"口香糖对他说。这时他已经踏上了前几级台阶。

"闭上你的乌鸦嘴！"都德打断她，继续往下走，瓦尔特用手电给他照路，也准备跟着下去。

"既然我们都到这儿了，就下去吧。"琳对口香糖说。她们俩也走向台阶，准备下去。

洞内十分宽敞，台阶与墙壁相连，走起来十分方便。他们走到一个隧道入口，隧道上面是打实的地面，地面上覆盖着杂草和一小堆岩石。地下很冷，手电筒的光照在墙壁上，十分昏暗。

"人们就是从这儿去登岸处的。"都德说。

"你们说，是不是没人来这里？"口香糖问。

"谁会来这里啊，这儿都废弃了。"琳回答道。

"不对。那儿有一个易拉罐。"口香糖指向地上的罐子。

第一周

1. 第一天——琳

天气很快就变得酷热难耐，我都快疯掉了。

震耳欲聋的蝉鸣声无处不在，甚至传到耳机里，盖过了音乐声。

虽然戴着墨镜，耀眼的阳光还是如同一把激光刀，笔直地刺入眼中。这副劣质墨镜是在集市上买的，花了我身上仅有的两欧元。

海边的微风吹得我鼻子发痒，我一连打了好几个喷嚏，心中十分恼火。真要命！

我和这伙人都是被逼着来的，我们不得不待在这与世隔绝的边缘地带，可这儿就像一座监狱，我感觉自己已经死在里面了。

我们都是"问题少年"——爱闯祸，有轻微的犯罪倾向。总之，我们得被迫在这个所谓的夏令营待上三周。学校把工作地点和一个毫无关系的概念（也就是假期）结合到一起，并为之命名，夏令营就是其中一个。于我而言，假期是十分令人向往的，像广告里说的那样奢侈，你可以舒服悠闲地待上一整天，更棒的是你还可以听着歌，喝着酒，抽着烟，愉快地度过夜晚。而夏令营却和学校没什么两样，在学校里，"教育"意味着满是教诲的斥责（也是羞辱），这些讨厌的教诲往往都与牺牲、学习、责任和毅力有关。现在，牺牲我已经做了，至于责任，根本没人在乎……因此，生活的唯一道路就是能够得过且过，了无牵挂。

通常，如果我逃避了责任，不用吃苦头或付出半点儿努力，就觉得挺不错了。责任和努力，我更愿意甩给那些不仅能够完成，还愿意完成它们的人，比如我的那些女同学，她们只会一声不吭地学习，连嘴都不撇一下。她们很腼腆，很容易就能说服她们把作业递过来。我坐在倒数第三排，没有坐最后一排，因为在那儿太容易引起老师注意，我只想凶巴巴地待在人群里，思考自己的事情，然后一字不差地从别人那儿抄我不想做的练习题。

后来一个女同学揭发了我，她告密说我是个怪物，说我威胁甚至控制其他女生。

控制。校长就是这样说的，这是她第一次找我谈话。我完全不知道她想说什么。我很快就发现她越来越夸张，她竟然用手指着我，真野蛮！反正她们已经够作践自己的了：忍着钻心的疼痛拔掉腿毛和腋毛，疼得龇牙咧嘴，有个女生甚至还给鼻子做了整形。几年后，如果她们当中有人为了好玩儿割自己的肉，我也一点儿都不觉得稀奇。

她们是一群受虐狂，坚信只要守规矩，不气馁，生活就会回馈她们，她们就会过上好日子。可其实，她们什么都不懂。

我感受过痛苦，真真切切地感受过。我明白，无论对于小孩还是大人，生活中总是充满了不如意。

去年我搬到了城里，更准确地说，是我爸妈搬到了城里。我和弟弟妹妹也跟过来，参加了一所学校的补习课程，在那之前，我们想都不敢想，这世上竟会有这么好的学校。因为初二之前，我的学习环境是那样糟糕，我不得不奋力挣扎才能生存。而现在的学习环境，简直就是一种特殊的奖赏，至少一位女社工（我觉得她笑得太多了）是这样认为的。我觉得，笑容饱满的人很危险，他们像龇着牙齿的杜宾犬。笑容过多的人通常都有问题，不，他们本身就是问题。因为他们讨厌看到你不笑，讨厌看到你不感恩天赐的良机和好学校，在这种学校里，你可以利用免费的课程学一些没用的语言，比如俄语或法语，你还可以学习信息技术，不过这门课程更是毫无用处；但进了学校，你就会发现，他们费劲地让你融入进去，不过是为了让你多待在学校里，少在大街上晃荡。

这个不知感恩的人，也就是我，逃掉了所有的课外课程，还有很大一部分普通课程，以致一年里，我共有三十三次无故缺勤。这个数字足以让这所好学校把我开除，因为它不接收留级生。因此，我只有一个选择：参加两个社会实践活动，一个是为了培养"团结"的品质，另一个是为了"教育"。第一个活动真是一场噩梦：跟着环保主义者清理两个星期沙滩和森林，这纯粹就是滥用童工。不过谢天谢地，我得了扁桃体炎，它很快开始化脓，很可能会诱发败血症，这病来得太及时了，我很幸运地逃过了第一个活动。

第二个活动无可避免，也恰恰是因为这扁桃体炎。对于恢复健康，还有什么能比海边的空气更管用呢？

就这样，我站在了波涛汹涌的大海边，海水并不凉爽，反而像一片火山熔岩，炽热的熔岩贪婪地灼烧着周围的土地，将它烧成黢黑而坚硬的碎块。深色的海岬上，一座被遗弃的白色小塔耸立在尽头，显得分外凄凉。三位队长激动得大喊："你们看见它了吗？是不是很棒？"

口香糖在我旁边嗫嚅了一句："那是什么玩意儿？"

我有些恼火，脱口而出："一座灯塔。"

"一座灯塔？"她眨眨眼，似乎想更确切地知道它是什么。

"是的，一座该死的灯塔。"我又重复一遍，一副再也不想听到任何问题的表情。

但是口香糖根本就没有注意到，她目瞪口呆，神情入迷："那它到底是什么呢？"

罗贝塔队长头发蓬松得像狮子的鬃毛，她飞快地跑到口香糖跟前，愉快地回答："那是一座古老的灯塔，用来给船只指引航线的！"

恶毒的海浪，像一群埋伏好的梭鱼，在它来来回回的冲刷拍打下，这该死的灯塔早就熄灭、破败了，我们在这儿能做什么呢？

2. 灯塔

少年们如同一个大线团，推搡着走下大巴，一下车，线团便散开排成了短短的条带状。他们有七个女孩和六个男孩，都穿着深色T恤和牛仔裤，一眼望去，很难分清谁是谁。很快，他们都挤到行李车厢去取拉杆箱，拉杆箱也全是黑色的，每个人只能根据标签才能找到自己的行李。这个过程中，大家都沉浸在自己的世界里，一言不发。他们互不相识，在车上虽然偶尔有几句交谈，但大部分人仍在彼此观察。

取完行李，少年们开始上路。带头的两个人在队伍里十分显眼，他们个头略高，很干练，背着齐头的橙色大双肩包。他们是一对情侣，男人留着络腮胡和披肩发，女人散开的直发稍微长一些，在阳光下泛着栗色的光泽。他们在大巴上只介绍了各自的名字：朱利奥和玛丽安娜。两个人都没有说自己的姓氏，也没有加老师的头衔，有人在车上举手提问时，习惯性地说："请问，老师……"朱利奥回道："您请说，阁下。"正如他们对这些少年说过的一样，他们只是队长而已。

烈日当空，所有人都变得有些萎靡不振，两个队长几乎同时戴上太阳镜，露出牙齿，冲着大家微笑，想唤起大家的热情。有人脱掉针织短袖，有人戴上太阳帽，深色的条带终于分散成几个小块儿，每一块儿都有各自的形状——有些垂头前行，像是专注于观察脚下的路，有些费劲地往前走，相互推搡着，时不时绊一跤，有些似乎被一条无形的线牵引着，一直跟在队尾。跟在最后的是琳，从发型很容易就能认出她——一边剃成刺头，一边留着长发。她戴着耳机，一只手插在宽松的牛仔裤口袋里，另一只手拉着拉杆箱的把手，箱子的轮子已经磨旧了，没走多久，一只轮子滚了下来，裂成两半。但没有人察觉到。

琳一把扯掉耳机，冲着前面发出老鹰般的尖叫："喂！我的行李箱坏了！"

那些人语气轻快地说："那你就抱着箱子，别停呀！"

"什么情况！难道这是场恶心的比赛吗？"琳骂了句。

只有一个骨瘦如柴的女孩转过身，向她走来。"不介意的话，我来帮你。"女孩说。可光她自己的行李已经够让她吃力的了：一个拉杆箱、一个登山包和一个斜挎包。

琳叹了口气，抱起坏掉的箱子，像抱着个婴儿。她粗暴地对女孩说："走，口香糖！他们都急着投胎……"

琳话还没说完，人群中爆发出一阵尖叫。他们在琳前方不远的地方，已经向左拐，进了一片茂密的松林，那里有一条土路。

"他们鬼叫什么？"琳气鼓鼓地问。她怀中的拉杆箱像一口沸腾的大铁锅，又重又热，身上紧贴着被汗水浸透的T恤，脸上汗如雨下。耳机挂在她的脖子上摇摆，发出低沉的音乐声。她忘了关掉音乐，可此时又不想放下怀中的"巨石"。"嘿，你能帮我关掉音乐吗？"

"当然可以啦！"口香糖伸出清瘦的手指，按下开关，音乐声戛然而止。"啊，我知道了，你的电池没电了！"

然而琳没再搭腔。她俩刚转过弯，就知道他们刚才为什么会尖叫。

路上的树木越来越稀疏，转过弯后已经变得光秃秃的，道路一直通到一块褐色的礁石处，礁石的尽头赫然出现一座矩形的建筑。白色底座上耸立着一座低矮粗壮的圆柱形塔楼，楼顶盖着透明的防护罩。

琳松开手，砰的一声，箱子重重摔在地上。她往上推推滑到鼻尖的墨镜，大喊一声："靠！"口香糖大笑起来。

前方一百米处，队长大喊："是不是很壮观！"

口香糖挤了挤眼睛，死死盯着那座建筑，目瞪口呆。

"难道你没见过灯塔吗？"琳问她，语气里带着怒火。

其他队员在两位队长的鼓动下，又发出一阵尖叫。

"这就是给船只引路的灯塔？"口香糖一脸惊愕。

琳的内心难以平静。一座灯塔，世界上最遥远的地方，尤其还在大海中央，可以说是毫无用处。她正想破口大骂，第三位队长如同一只俯冲而下的老鹰，突然冒了出来。

她待在队尾，防止有人掉队或藏进树林里。三位队长中，她年纪最大，至少从她眼周的皱纹和更为果断的处事方式来看是这样的。与队首的两位队长不同，她没有背双肩包，而是拉着一个笨重的行李箱，箱子在这羊肠小道上前进，活像一辆轧路机。她叫罗贝塔。跟朱利奥和玛丽安娜一样，她只说了名字，没有说姓氏，也没加老师的头衔，不过她的目光更锐利、更不容置疑。

在大巴上大家就见识过她的威严了。当时，后几排的男生为了彼此较量，拳打脚踢，乱作一团，为了制止男孩间的纷争，她在过道上忙前忙后，把双手做成喇叭状，提高嗓门儿，但嗓音并不尖锐，而是很深沉。她可能是一名老师。她脸色白皙，蓬松的头发在阳光下像一团火焰。这个头发像狮子鬃毛的女人，一只手放在额头上，正在向后退。

"没错，梅丽莎，正是一座老灯塔。是不是漂亮极了？"罗贝塔笑容洋溢。

"是啊！"口香糖回道，仍是一脸着迷，"我以前从没见过真正的灯塔。"

"谁是梅丽莎？"琳黑着脸问。

"她。"罗贝塔指着口香糖。但口香糖立刻皱起眉头："我希望你也叫我口香糖，队长。"

"那就随你。"女人突然露出招牌式的微笑。她继续谈论灯塔，"你们知道吗，这座灯塔直到现在都保存完好，真是奇迹！"

"为什么？"口香糖问。

琳叹了口气，关于灯塔，她丝毫不了解，也完全没兴趣。

"因为灯塔已经弃用几十年了，有的被夷为平地，有的变成了专属用地，比如作为豪华酒店或饭店。这座灯塔本来也难逃厄运，可它有了其他安排，真幸运！"她折回来，笑得像在拍牙膏广告，伸手抚了抚自己在风中飞扬的头发。

看到罗贝塔的头发正像猫一样扑过来，琳赶紧躲开，双手叉腰，语气依然凶巴巴的："让我们听听这是谁安排的？"

"说来比较复杂，有大区政府、海岸警卫队、环境部还有市政府……"罗贝塔罗列着，"至少这次他们造福了社会。"

"也就是造福了我们呗？"琳用挖苦的语气问。

"还包括许多其他人。"她打断琳的话。

琳一点也不让步："那他们和我们一样倒霉。"

口香糖本来正听得出神，一下子像复活了似的惊叹："怎么会倒霉？瞧瞧这儿多美啊！"

罗贝塔表示赞同："真棒，口香糖！你说得很对。这里是海岸线最美的地方之一，都是原始的自然风景。"

琳默不作声。她不想落入这种无用的谈话陷阱，而说这些话的人总是显得很有道理，比如像罗贝塔一样的人：老师、学究和那些自以为是的人。

"你们会知道这儿有多美的，女孩们！"罗贝塔信誓旦旦地承诺，"未来整整三个星期，这里所有的一切都属于你们，我保证！"

琳重新抓起行李箱，正想说："反正我觉得烂透了！"但她知道充满热情的人总是能对一切做出乐观的回应，她可受不了"愈谦卑者愈伟大"这类谚语，她很烦这种"终结话题"的句子，烦透了。

她打算今天再也不说话了，也可能整个假期都不再开口，因为她注定要在这监狱一般的夏令营里接受"再教育"。从远处看，这座低矮粗壮的建筑泛着白色的光泽，跨进大门后，她才发现，建筑十分破旧：墙上的裂痕、盐渍侵蚀的灰泥、铁链和窗户上的锈迹，以及外围的栅栏，都让人觉得这是一座监狱。

庭院的地面上晒得满是裂缝，唯一一处阴凉是圆柱形灯塔的投影。但走进矩形建筑的房间后，里面十分凉爽，还有一股地窖的气味。

"这就是你们的房间，一共八间。"朱利奥刚说完，少年们就准备往走廊里跑，他马上叫住他们，"你们等一下！房间已经分好了，房门外都挂着小牌子，上面有你们的名字。我住第一个房间……"

孩子都把头伸进朱利奥的房间张望，房间比贮藏室还要小，里面摆着一张双层床。

"啥玩意儿……那个……所有房间都这样吗？"塞缪尔惊呼。

"不是，我的只是个小房间，其他房间更宽敞、更舒适。"朱利奥向他保证，"你们一会儿就知道了，每间都有三四张床……最后一间是玛丽安娜和罗贝塔的。"

他话还没说完，大家就迫不及待要去占领自己的房间。

"等一下！"朱利奥叫住他们，"半小时后我们在会议室集合，就在院子的另一头，挨着厨房和餐厅。我要跟大家讲一下接下来几天的规定和计划。"

琳捕捉到"规定"和"计划"这两个字眼，厌恶感瞬时达到极点。她把行李箱扛到头顶，引得大家哄堂大笑，她就在这笑声中沿着走廊离去。

"琳，你怎么知道哪个是你的房间？"朱利奥问她。

她生硬地说了一句可能大家都没理解的话："肯定是倒数第二间啊，挨着两位……队长。"

果然，事实正是如此。

3. 口香糖

　　因为我总是嚼着口香糖，所以大家就开始叫我"口香糖"。社工觉得我抽烟，你们知道这是怎么回事吗？那我就来讲讲这些偏见是怎么来的。我只有十二岁，说这个不是为了别的，只想说明，谁会卖烟给我这个年龄的女孩呢？我不抽烟，偶尔喝一杯倒是真的。我觉得喝酒更有乐趣，虽然前几次喝酒时，我并没完全体会到其中的真谛。我很小就开始喝酒了，哥哥经常喝很多酒，那晚，我第一次尝试和他喝酒，和大部分人一样，我没有吐。这是什么时候的事呢？一年前？谁知道呢，我觉得都过去一个世纪了。

　　有人对我说："什么'口香糖'啊，简直就是酒鬼！"哈哈，真可笑！这话可能是我哥哥吉勃说的，但我不敢肯定，这些我早忘了。

　　因为经常不去上课，我被列为"问题少年"。我的分数从高出及格线一大截滑到及格线，又很快到严重不及格，他们还会说我看起来心不在焉、昏昏欲睡之类的话。其实有时候我确实是趴在桌子上睡觉，可是，谁让他们规定早上八点就得到校呢！我不是能早起的那类人，我体内的……叫什么来着？"化油器"？总之这玩意儿工作得很慢，早上启动不了。不，这和我彻夜不眠一点关系都没有。如果晚上九点钟开始上课，我肯定，我会表现得非常活跃。是的，我的学习状况也不太乐观。可老师都在黑板上写些什么呢？"注意力缺失症"……"缺失症"？就是这个词，但这是什么意思？他们就是用这些没人懂的词语糊弄我们。

妈妈听了老师夸张的说辞后十分震惊。她盯着我，好像我得了大脑麻痹症或孤独症一类的重病。我神色平静，而吉勃面对同样的情况就没我冷静。他两年前留过级，每周六喝得烂醉，第二天总是一对熊猫眼，直到有一次他去看心理医生，医生叫来爸爸妈妈，并告诉了他们吉勃存在的问题——他是个急性子，没有人能跟他讲通道理。

但这种事情不常发生，爸爸说，事情总会过去的，他少年时也有各种问题，后来一切都解决了。爸爸比较关注自己的事情，妈妈总说，他除了自己的事情什么也不关心，但她的原话要难听得多。在家里，爸爸一直都坐在电脑前，只在吃饭时才会起身，但即使在饭桌上，他也一言不发，像没看见我们似的。不过我们也没人说话。有时吉勃会起身回自己的房间吃饭，吃完后就把盘子放在书桌上或床脚边，直到第二天才收拾。妈妈从不进我们的房间，她说我们得自己收拾。

我们不像电视剧里演的那样，一家人总是有说有笑，其乐融融。我们是这样的：每个人都有一大堆个人问题，首要的是去解决这些问题。包括我，我就得解决诸如"缺失症"这类问题。

"梅丽莎……"妈妈像快要断气了一样，神情……非常绝望。学校的心理医生把她叫来，告诉她，我和吉勃一样注意力不集中。但妈妈一句话也没说，不得不说，这不是她的强项。她待在那儿，像条奄奄一息的鱼，可能在等我先说点什么。但我也沉默不语，我该说什么呢？我大脑一片空白。其实，我感到很羞愧，可我并不知道自己在羞愧什么。

我做了什么？就是考试不及格，可是几乎每个人都有可能不及格，至于心不在焉，这种蠢货在班级和学校里一抓一大把。我不会像吉勃那样偷偷摸摸地去喝醉，但我肯定会瞒着妈妈。吉勃知道这件事，而且他还直接在朋友面前吹嘘："你知道吗？我妹妹像哥萨克人一样能喝！"

他一贯都这么夸张，简直能把牛皮给吹破。而且我喝酒跟哥萨克人有什么关系？我不得不上网查查那是什么，最后，不得不说，吉勃真是个蠢货，因为我从来没喝过伏特加。

说实话我并不是个酒鬼，只有在周六或者聚会时我才喝酒助兴。有一次，吉勃晚上要出门，我便缠着他，要和他一起去。这件事比较冒险，因为没人说我可以出门，不过也没人说我不可以出门。妈妈出门前什么也没说，任由我们看电视。爸爸待在自己的房间，一边抽烟，一边玩电脑。

过了一会儿，吉勃出了门，我紧跟着他，他对我说："待在家里，不然我揍你！"

我说："你试试啊，你敢打我，我就打儿童教养热线①和粉色求助热线②，让他们把你扔进监狱去。"

"不许跟着我，笨蛋，我要和朋友一起出去。"

"我不要一个人在家，我害怕。"

"你真是个笨蛋！"吉勃最终还是带上了我。

---

① 意大利儿童求救热线，成立于 1987 年的非营利性组织，旨在保护受虐待和家长疏于照管的儿童。——译者注（本书注释未特意说明者，皆为译者注。）
② 意大利的一个志愿者协会，成立于 1988 年，旨在帮助遭受暴力和虐待的妇女儿童。

不知道为什么，我俩微醺地回到家中时，夜都深了，可妈妈还是没回家。她比我们醒得都晚，醒来时差不多都下午了，所以没有发现我和吉勃玩疯了。至于爸爸，他和往常一样，火气很大，一个人坐在电视机前吃饭。星期天，没有人做周末大餐，还是吃平时的那些。我和吉勃会热一份速冻比萨，或是从冰箱找点东西吃。妈妈会吃前一晚的剩饭，这是我猜的，我也不知道她吃什么，也可能她什么也不吃。

心理医生告诉我，妈妈发现我和吉勃很奇怪，但她不知道该怎么告诉我们。她应该又和往常一样向心理医生抱怨，说我们想摆脱她的管束。在家里，她总说不知道该拿我们怎么办，有时还会对吉勃大吼："你和你爸一样，一模一样！"然后看着我，"你就跟他学吧！"可这些话根本就不是她自己的，是剽窃来的，我觉得是心理医生和社工灌输给她的。其实也是他们建议我们分开一段时间的。吉勃在很远的地方，和开采石油的工人待一起，在黑手党霸占的地方干苦工。妈妈去了一位住在远方的姐妹家，那个人算是我的姨妈，虽然我这辈子才见过她三次。只有爸爸一个人待在家里，但是他要吃很多药。

这就是为什么我会来到这伙怪人当中，而且，这里很多人年龄都比我大。

我很快就知道，琳和我同龄，虽然她更高更壮些。她头发剃掉了一半，一副冷酷的模样。我也不清楚我怎么知道的，但是很显然，那两个十五岁的女孩看起来更大些，而且她们也有顽疾在身——一个患有厌食症，另一个智商不在线。哈哈，吉勃可能会说，真可笑！

有一个女孩看起来有十八岁，举手投足都像超级名模。不过得了吧，事实上她才十四岁，和那个令人讨厌的优等生在同一所学校，而且她们的言行举止告诉我，她俩都是高中生。

还有一个女孩，长得比较矮，所以看不出来她是否比我大。她总是笑盈盈地，但我对她没什么好感，因为她看起来总是循规蹈矩。只有我和琳嘴里嚼着口香糖，我心里一阵激动：她一定喜欢喝酒！然而并不是，她根本不喝酒。她家有许多孩子，真是值得褒奖啊！可谁知道她家到底有没有受到褒奖。她也有自己的苦恼，但似乎不像我要面对的那个"剽窃"问题那样简单。她好像比我聪明，我知道自己的智商并不高，我做过测试，分数比较低，妈妈为此事感到心力交瘁。她能期待我智商有多高？她和爸爸又不是聪明绝顶。所以，我不像其他女孩那样了解自己，但琳却属于那种女孩，她知道自己该干什么。

4. 守塔人

集合地点在餐厅，以后每天早晚，大家都要在这里用餐。朱利奥神情愉悦，搓着手迎接孩子们。他把头发扎了起来，在头顶梳了个丸子头，看起来像个日本武士。他身上的半袖T恤已经换成了黑色背心，露出强健的脊背和肱二头肌，看起来像受过专业训练。

玛丽安娜也换上了一件轻便的背心裙，长度刚好到膝盖。她脚上穿着凉鞋，露出精心修剪、涂成蓝色的脚指甲。

他们旁边站着一个戴眼镜的女人，她留着短发，头发染成了深栗色，表情严肃。

"这是莫妮卡。"朱利奥向大家介绍，"她是我们的神厨。"

"嘿，什么神厨啊！"莫妮卡否认，脸上却绽放出孩童般纯真的笑容，"我只是个普通的厨子！"

朱利奥说，午饭时间我们一般都在郊游，只能"野餐"解决，但是晚饭会由"厨艺精湛"的莫妮卡来准备："大家看到了，她非常谦虚，但她一定会做出美味的大餐！"

"希望你们会喜欢。"莫妮卡又露出微笑。孩子们好奇地盯着她。

"你会做千层面吗？"有人问。

"那可是我的拿手活儿。"她毫不迟疑地回答，"如果你想吃，今晚我就可以做。"

"太棒了，莫妮卡！"朱利奥搓了搓手，提议道，"晚上想吃千层面的人举手！"

好几个人举起了手，但也有人没举。

"很好，大部分人都同意。"朱利奥在掌声和口哨声中宣布结果，喧闹渐渐平息下来。

这时，玛丽安娜关掉灯，把假期的详细计划投影到墙壁上，计划不仅仅涉及每周的安排，还细化到每一天，甚至每个小时。"看到了吗？我们设计了许多有新意的活动！"

人群里传出一声不太情愿的嘀咕。

"当然这只是一份提纲，我们可以做些修改，一起决定……"

大家开始议论纷纷。罗贝塔打断他们，语气深沉地说："总之呢，我们今天在灯塔附近好好转转，探索一下这个地方，我们可是要在这里做客呢！"

桌上的灯重新亮了起来，灯光中，托盘一列列整齐有序，上面盛放着为大家接风洗尘的自助餐，托盘上的三明治、比萨、奶酪和水果，五颜六色，摆放得十分精心。孩子们你推我搡，像一群饿狼一样扑向食物。他们开始吵架，很快就动起手来，队长为了制止他们，累得气喘吁吁。队长坐在孩子中间，讲了些笑话和故事来分散他们的注意力，可他们还是狼吞虎咽，不时还有人大喊"队长！他抢我的橘子！"或是"队长，他拿了五个金枪鱼帕尼尼！"

按规定，饭后他们有十五分钟休息时间，但是计划有变，因为大家想立刻出发去参观，沿着海岸线，徒步五公里，一边欣赏这地中海景色，一边了解当地环境。

"大家有问题吗？"

没人有问题。想到要去参观灯塔，有几个男孩变得非常兴奋，他们迫不及待想要爬到塔顶去。

口香糖低声抱怨："可是我……我不想走路！"

"我也不想。"琳嘀咕一句，"我们可以编个借口。"

口香糖心情开朗了，她相信这个新朋友编瞎话的能力。

大家准备动身时，一个男人出现在餐厅，用洪亮的声音跟他们打招呼："你们好，孩子们！"

大家愣了一阵。进来的男人像是在扮演加勒比海盗，他身材高大，浓密的胡子遮住了半张脸，及肩的灰色头发被包在额头的头巾扎着。和真正的装扮者唯一不同的是他的着装，他穿着一件简单的黑色短袖 T 恤、一条破洞牛仔裤和一双马靴。

"孩子们，我给你们介绍一下，卢齐奥！"朱利奥愉快地说着，一跃而起走向这位"海盗"。"太好了！你来得真是时候！"他们高高举起手击掌，随后双手紧紧相握，大笑起来。

玛丽安娜和罗贝塔也走向男人，像在欢迎某位明星大腕。少年们仍然好奇地盯着男人，窃窃私语，直到朱利奥开口："这是最后一位守塔人。"他停顿一下，好让孩子们跟上他的节奏。

"谁？"很快有人漫不经心地提问，显得有些无礼。

其他人则把眉毛高高挑起，有人打口哨，有人发出一阵惊叹。

"什么是守塔人？"他们中有人提问。

"他已经在这儿生活十五年了。卢齐奥，对吗？"趁着大家的注意力都集中在卢齐奥身上，朱利奥接着说。

"是的。"男人干脆地回答，脸上没有笑容，像一只猎狗在嗅着空气，想找出有用的线索。

"他是这里的负责人，一直在看守灯塔。懂了吗，孩子们？航船的命运就掌握在他手上。"朱利奥吐字格外清晰,像是电视台的记者。

少年们发出惊奇的感叹声。卢齐奥没有说话,双臂交叉,一动不动。

"从前这座灯塔非常重要,能照亮很长一段海岸线。那时卢齐奥就和他的家人住在这里,他们全家都搬到了这里,是吗?"

男人点点头,神情严肃。

"那现在航船靠什么引路?"塞缪尔问。他是个十四岁的男孩,瘦瘦高高,之前经常对别人拳打脚踢,不时还发出洪亮的笑声和夸张的感叹声,因此,大家早就认识他了。

终于,卢齐奥开口了,语调尖锐:"现在航船用的工具很复杂,就是人造卫星,不再需要海岸线上的亮光了。"

朱利奥插话说道:"但现在还有一些灯塔,你还检查它们……"

"那些都是全自动灯塔。"卢齐奥打断他,盯着这些少年,"我也只是检查它们是否运作良好。不过现在灯塔已经很少见了,寥寥无几。"

"你们知道怎么进灯塔参观吗?"罗贝塔问,她一直站在卢齐奥身旁,脸上带着凝固的笑容。

"用直升飞机!"有人回答。人群传出笑声,有人嘴里发出"噗"的声音。

"不,怎么可能坐直升飞机,待会儿你们就知道了。"罗贝塔说。少年们笑了起来。笑声越来越大,一旦人群嘈杂起来,便好像无法停止了。

卢齐奥伸出大拇指,放在嘴边,打出一个长长的口哨,少年们安静下来,一脸狐疑。

"我开摩托车去。"大家刚安静下来,卢齐奥就开了口。

"什么摩托车？"马克西姆问。他身材高挑，头发乌黑，有一小缕头发盖到了眼睛，像一叶小窗帘。

"是一辆雅马哈 VMax。"

"真厉害！"马克西姆感叹，他从没见过这种型号，"能让我们看看吗？"

"之后吧。"卢齐奥回答，"如果一切顺利的话。"

"什么之后？"琳饶有兴趣地审视着男人。

"等参观完他的灯塔之后。"朱利奥回答，"他会告诉我们所有的秘密，是不是卢齐奥？"

男人抓抓胡子，意味深长地说："再看吧。"

大家正等着卢齐奥继续说下去，可此时，他却向门口走去。少年们争先恐后凑到他身边，听他简述自己的故事。"你们住的地方，原来就是我家，我们一家人在那儿吃饭睡觉。这里则是码头，使用各种索具的桨船都在这儿靠岸。通过灯塔底部的小门，可以直接爬上灯塔。"

"什么小门？"有人发问，其他人也跟着问。

"已经不通了，没办法再从那儿进去了。"朱利奥赶紧解释。卢齐奥继续说，语气里夹杂着些许怀念："那时候还能从那儿过，不过已经是三十年前的事了。"

有人低声嘀咕了一句。朱利奥在人群中扫视了一圈，想猜出是谁说的。这时，一个身材高挑的金发女孩带着鼻音问："那时的船呢，是什么样子的？都挂着帆？"

朱利奥大笑起来。"娜塔莎，那是三十年前，又不是三百年前！船和现在的差不多，只是没有卫星导航。"

"灯塔是怎么工作的？"瓦尔特问。他留着寸头，戴着一副厚实的黑框眼镜，镜片后一双湿润润、圆溜溜的眼睛充满了好奇。

"你叫什么名字?"卢齐奥马上问道。其他人低声说出了他的名字。"很好,瓦尔特,待会儿你就什么都知道了。"说着他往白色灯塔的门口走去,从口袋里翻出钥匙打开门,跨过门槛后不见了身影。

少年们安静地跟在卢齐奥身后,挨个儿走进去。他们聚在一个圆形大厅里,大厅中央有一个盘旋楼梯,楼梯通向木制天花板上的隐藏楼层。大家环顾四周,一脸沮丧。房间里光秃秃的,只有一个灯塔模型放在木头柱子上。

"灯塔是这样工作的。"卢齐奥按下模型旁边的按钮。灯塔顶端发出光亮,灯光闪烁着旋转起来。

"那你做什么?"瓦尔特问,长条状红晕在他双颊蔓延开,像瞬间攀缘而上的牵牛花藤。他垂下眼帘,目光澄澈,红着脸,明显很害羞。

卢齐奥没太注意男孩面部愈演愈烈的斗争,回答道:"就是我刚才做的事情,瓦尔特。只是开灯和关灯,待会儿你们会看到,当年的灯光更亮。"

"这工作真安逸。"塞缪尔说,人群中有人偷偷笑出了声。

"是啊,你叫什么名字?塞缪尔?没错,塞缪尔,那可真是个好工作,我很喜欢。"卢齐奥表示赞同,"还有维修工作,我觉得很有趣。我以前对发动机很痴迷,所以就接受了这份工作。"

"但是?"琳问。

"但是什么?"卢齐奥盯着她。

"总会有个但是。"琳也盯着他看。

"总会有个但是,没错。你叫什么?"他微笑着问。

"琳。"

"但是,琳,那得远离所有事和所有人,因此,并没有很多人想接受这份工作，相反，那时的守塔人特别少。"

"要是我，我可就乐坏了，对吧伙计们？除了开灯关灯，一整天啥也不用干。"塞缪尔嘲笑道，男孩们纷纷赞同他精妙的打趣。

"我是真的挺喜欢的，我妻子也是。在这里远离喧嚣，摆脱一切日常烦恼。生活在这里，对于我们来说真的很美好。"卢齐奥也赞同他们。

琳问："那其他人呢？"

娜塔莎插话说："其他人是什么意思？"

"你是想问我的孩子？"男人问。

琳点点头。

"他之前提过他的家人了，娜塔莎。"一个骨瘦如柴的女孩说。

又一个身材矮小的女孩问："你有几个孩子？"

"三个，两个女儿一个儿子。现在他们都长大了，他们从小就像生活在天堂一样幸福。"他的语调有一丝轻微的变化，像被什么东西割裂了一般。

"你们现在住在哪里？"那个矮个子女生又问，她圆圆的脸蛋上带着微笑。

"你叫什么名字？"

"杰茜。"

"杰茜、琳、塞缪尔……你们听懂了吗？很好，我们已经不住在一起了，他们长大了，都过着自己的生活。"卢齐奥向他们解释。他脸上的阴影仿佛落下了一帘帷幔。

女孩们立刻从他的脸色读出，他们家人间的亲密感早已不复存在。而男孩们推搡着，小跑到了盘旋的楼梯上，卢齐奥提高嗓门，让他们保持秩序。琳最后一个走上台阶，看起来心事重重。

5.琳

我小时候也过着一种很原始的生活。我们住在乡下，我不敢保证像生活在天堂一样幸福，但是，我们可以在广阔的天地间奔跑嬉戏。就算我们身上沾满灰尘或泥巴，弄得脏兮兮的，也不会受到斥责，只要我们把短靴脱在门外，记得洗手就可以了。妈妈从不给我们立一堆无聊的规矩，她只希望我们四个孩子可以自由自在、无忧无虑。她总说，希望我们像她小时候一样快乐成长，可以无拘无束地在外面奔跑、玩耍，因为童年就应该没有丝毫烦恼。

我父母成年后，也生活得自由自在、无忧无虑。爸爸是一名艺术家，他总是很快乐，又满脑子奇思妙想，让人捉摸不透，所以妈妈经常被他弄得晕头转向。他是职业魔法师，更准确地说，他是魔术师。他经常在儿童联欢晚会、广场和集市这类地方表演。可能因为他是我爸爸，我才会觉得他很厉害，不过说实话，他也的确非常出色。他的表演让人陶醉不已。他有许许多多的新点子，能给人惊喜，让人欢笑。他自称是艺术家，他也的确是艺术家。他懂得绘图和做一些小玩意儿，还会唱歌、弹吉他。他表演的节目非常精彩，比如双手抛接球，还会让一根杆子在鼻子上保持平衡，上面托着早餐碟。

我们几个孩子打小就学会了朝空中抛接红色小球。我们不需要去马戏团，也不必去游乐园。除了偶尔去看爸爸的节日表演，我们几乎哪里也不去。我们没有任何家庭出行计划，不去旅游，也不过周末。偶尔，爸爸会开车载着我们所有人，去湖边或山里郊游，在那儿搭起帐篷，露营一两晚。

后来发生了一件事，差点没把爷爷奶奶气疯。他们来我们家，但是没人提前准备晚饭（我们一般有什么吃什么）。他们无法理解，为什么妈妈一点也不操心饮食，为什么我们这么多人，她也不让我们聚在饭桌上吃饭，宁愿让爸爸慌慌张张打包十几块比萨回来。这件事之后，如果不是什么特殊的日子，或者对于他们来说重要的节日，他们都不会来我们家。圣诞节或者谁的生日时，就算他们过来，也一眼就能看出他们很不耐烦，迫不及待地想要逃离，后来，他们甚至干脆不来了，好像爸爸用魔法把他们"噗"地一下变没了。妈妈说，他们年纪大了，太累了。至于我们，要不就一起出去，要不就哪儿也不去。我们几个孩子谁也没有单独去过爷爷奶奶家，而别人家的孩子都去过，而且还会在自己爷爷奶奶家待上一段时间。不过他们不像我有好几个兄弟姐妹，可能需要找些消遣。

至于外公外婆，我对他们没有一点印象。我记得，我只在很小的时候去过一次他们家。那时他们住在中美洲的乌拉圭，可能现在还住在那里。妈妈总说那里钟灵毓秀——气候温暖、生机勃勃，而且还有很多像她一样的美丽佳人。时至今日，虽然经历了这一切，她仍然美艳动人。我记得，在那夜之前，她的脸上就已经没有笑容了，但是那个夜晚彻底改变了一切。一件本不该发生的事，给我们带来了沉痛的悲伤。那份沉重的痛楚，充斥在我们家的每个角落，使房子几欲爆炸；墙上裂缝蔓延，家里潮湿不堪，好像到处浸满了泪水。我们走路很慢，说话很轻，或者根本不说话。或许是这个家再也受不了我们了，想以此把我们驱逐出去。爸爸说，我们不能继续在那儿租住了，我们要搬到其他城市去，这样对我们都好。

卢齐奥发现，这个世上没有灯塔船也能在海上航行时，应该也是同样的心情。

我很想知道，他的子女是不是也像我这样愤怒。我表面上看似是一座死火山，而实际上这座火山早已苏醒，并喷出了熔岩，可这一切我并未察觉。在新学校，孩子们没有一点世俗的麻烦。他们想关心我，但我却想一个人待着。女孩们对我很好奇，而且爱多管闲事，可我不需要她们同情我，也不需要她们亲近我。而男孩们都对我敬而远之，好像我会吃人一样。

新的学校、新的城市，居民区有许多广场、公路和商店，跟乡下完全不同。妈妈找了份清洁工的工作，劳作一整天后，回家时已经精疲力竭；至于爸爸，他已经不做魔术师了，而是在照顾老人和残疾人；弟弟妹妹则总是惹是生非。只有坐在电视机前，我们才能安静下来——像在看爸爸表演的节目般入迷。

新事物并不总是美好的。像我这种情况，对我们所有人来说都是灾难。谁知道对于卢齐奥的孩子来说，是否也是这样……或许于他们而言，离开灯塔去往城市一类的新地方，也是一种沉重的打击。

6. 参观灯塔

少年们期待楼上还会有一盏照明灯，最好卢齐奥能点亮它，向大家展示灯塔如何运作。然而他们爬上盘旋楼梯后，发现自己又到了一个空荡荡的房间，四周全是玻璃墙，这给观赏大海和海岸线提供了一个绝佳视角。

"为什么这里没有灯？"瓦尔特失望地问。

"把灯安在这里有风险。"卢齐奥回答。

"有什么风险？"那个骨瘦如柴的女孩问。女孩的长发梳成中分，披在苍白的脸庞两侧。一副大框眼镜遮了大半张脸，厚厚的镜片使她的眼睛看起来像两条细缝。

"亲爱的，你叫什么名字？"卢齐奥问。

女孩垂下目光，有气无力地回答："黛恩德蕾。"

卢齐奥一字一句地重复她的名字："黛—恩—德—蕾，很好。"

女孩重新移回目光，微微一笑。

卢齐奥对着人群回答她的问题："这个问题提得好。为什么有风险？"

"对啊，为什么？"大家异口同声地问。

卢齐奥环顾四周，把双手举到空中，说："你们能想象到，对吗？盗窃国家战略物资。"

少年们面面相觑，一脸迷茫，因为房间里空荡荡，并没有什么可偷的东西。

"这座灯塔是属于国家的？"一个高高瘦瘦的男生问。他之前几乎一直被塞缪尔、马克西姆和另一个更小的、总和他们一起笑的男孩组成的小团体排斥在外。

"等等，能再说一下你的名字吗？"

"阿曼德。"

"非常好。阿曼德，我们之前说过，灯塔是属于海军的，而海军是国家的部队，懂了吗，孩子们？"

"但是谁会偷一盏灯啊！"塞缪尔挑衅地问。

"看啊，多漂亮的一盏灯！"马克西姆向娜塔莎挤挤眼，女孩开怀大笑。

卢齐奥驻足在房间中央的柱子前，柱子上挂着几幅图纸，上面是阐释灯塔照明原理的设计草图。

"照明灯运用的是旋转系统。看到了吗？"卢齐奥指着图纸。

"也就是说靠的是这些透镜旋转？"杰茜问。

"非常好……杰茜，是这个名字吗？我的脑子还是很好用的！这是一种通过同心圆分割法得到的特殊透镜。你们跟上了吗？你听明白了吗，杰茜？你呢，黛恩德蕾？"两个女孩点点头。男孩中最认真的是瓦尔特，他聚精会神地盯着墙上的设计图。卢齐奥把食指从一幅图纸移到另一幅上，"看到了吗？这叫菲涅尔透镜，你们知道为什么吗？"

"因为是菲涅尔发明的。"瓦尔特下意识脱口而出。

"回答正确。这个人在这里，看到了吗？"卢齐奥指着一幅男人的肖像，画中的男人面带怒容。"不是很英俊啊，他应该不太上相。"

"这笑话真冷！"口香糖大喊。

塞缪尔和马克西姆捧腹大笑，对口香糖说："说得好，丑八怪！"

"喂，蠢货，你才是丑八怪！"女孩生气地说。

"嘿，这是干什么？"卢齐奥提高了嗓门，"朋友，火气别那么大。"说完转向正在窃笑的塞缪尔，"你最好向你的朋友口香糖道歉，好吗？"

"你怎么知道我叫口香糖？"她大吃一惊，眼睛睁得大大的。

"我们上楼时罗贝塔叫了你的名字。我的瞬时记忆力还不错呢！"卢齐奥回答，"好啦，据说菲涅尔透镜是由同心圆组成的，看到设计图上画的了吗？是不是挺清楚的？"

"天啊！这是什么曲线！"马克西姆站在娜塔莎的身后感叹。

"是的，这些是曲线，相似曲线，但是不连续。"卢齐奥对他表示赞同，继续说，"我肯定咱俩说的是同一个东西。"

"为什么不是呢，老师？"马克西姆的表情天真无邪。

"现在我竟然变成老师了！"

"不是，好吧，抱歉。天啊，怎么办！我也不知道是什么让我这么兴奋！"

大家哄堂大笑。卢齐奥对马克西姆眨眨眼："可能是菲涅尔曲线！"

男孩们互相拍拍彼此的后背，卢齐奥抬起手打了一个响指，想以此重新吸引他们的注意，"咦，问题来了，机器靠什么运作呢？"

"发电机？"瓦尔特试探性问道。

"很好！是柴油发电机。"卢齐奥满意地证实了瓦尔特的猜测，

"它需要不断提供补给，所以有时我还挺忙活。"

"如果出现故障，也是你来修吗？"阿曼德问。

"当然了。我可是一名出色的机械工，你们觉得呢？"

"所以，你什么工具都有？"瓦尔特问。

瓦尔特和阿曼德缠着卢齐奥，不断向他提出问题。另一个男孩也跟着他们，他也戴着眼镜，不过年龄明显看起来更小。男孩分成对比鲜明的两拨，三个很专注，另外三个却在打闹。

"我有一间自己的小屋，就是这下面房子里的厢房。那时发动机的声音很吵，不像现在这样一点声音也没有。你……你叫什么名字？"卢齐奥询问第三个认真倾听的男孩。

"玛伍。"他回答。塞缪尔马上模仿猫叫声讥笑他："嘛嗷，他叫'喵——'！"

男孩蹙着眉，颔着头，圆形镜片放大了他的眼睛，面对比他高大的塞缪尔毫不畏惧。"蠢猪！"男孩回击。

塞缪尔突然向他冲去，但是被罗贝塔拦了下来。

"瞧瞧你们在干吗！孩子们！"朱利奥叫住他们，之前他只是叉着手，静静地在一旁听着。

他眯着眼，张开双臂，好像要穿过玻璃隔板拥抱大海。浩瀚的大海风平浪静，仿佛一块连接天际的灰蓝色反光板，无边无际，终于一艘船驶入视野，如同一支铅笔，绘出了地平线。

"多么平静，多么闷热啊！"逆着玻璃板反射的光线，卢齐奥眨眨眼，眼周厚厚的皱纹如同编织而成的蜘蛛网，陷入其中的双眼，像用灯塔上的玻璃制成的，倒映出灰蓝色的天空，好似两颗镶嵌在古老峭壁上的宝石。

"可是卢齐奥，谁会来这种地方呢？"娜塔莎问，她一只手搭在腰间，像在为拍照摆造型。

“不好意思，娜塔莎。”黛恩德蕾反驳，似乎只是单纯为了向这个金发女孩提问，“你说的‘这种地方’是什么意思？”

“就是这里。没有港口，没有村庄。”金发女孩厌烦地解释道，她挥舞着一只手，手链发出叮叮当当的响声。

“这里不是登岸处。”卢齐奥这才明白她的意思，解释说，“它只是沿岸灯塔，用来充当路标。虽然……”他停了下来，再一次引起少年们的注意。

“虽然什么？”大家纷纷询问。

“虽然这个地方有双层地基。”他的语气高深莫测，一只手在空中比画了一下，做了一个切割的动作。

“那是什么？”阿曼德惊讶得瞪大双眼。

“这里有几个山洞。据说这里曾有海盗出没。”朱利奥也加入到对话中，一副神神秘秘的模样，想吸引少年们的注意。

卢齐奥摇摇头：“然而并没有证据。所有带岩石的海岸线上都有山洞。”

“但这里还有一个隧道系统，你之前说过的，有双层地基。”朱利奥坚称。

少年们彼此间传递着眼神，琢磨着这句话。

“在哪里？灯塔下面？有一条密道？”瓦尔特、阿曼德和玛伍接连发问。

“密道？在哪儿？”塞缪尔高喊，“伙计们，我们应该去那儿瞧瞧！”

“安静，安静！”卢齐奥抬起双手示意，“这下面什么都没有，灯塔下是一座岩石扶壁，全浸在海里。”

“那你刚才为什么说有双层地基？”娜塔莎责问。

“确实有些山洞。”男人简洁地回答，“但是已经荒弃了。”

"那海盗呢？"马克西姆问朱利奥。

"依我看，以前确实有。"朱利奥强调，"这里天高皇帝远，是个绝佳的地点，还有些小海滩可以宿营。"手指如蝴蝶般翩然飞向玻璃隔板，仿佛想要触摸向岸边驶来的隐形海盗船。

"灯塔没建成之前呢？"瓦尔特打断他。

"没错，上面有记载，这儿的历史可以追溯到十九世纪。"玛伍指着中央柱子上的一个挂牌说道。

"我给你们讲点儿别的吧！"男人对大家表现出的好奇心很满意，"你们知道史蒂文森的爷爷是建灯塔的吗？"

大家对这个名字没有一丁点儿反应。

"怎么了孩子们！史蒂文森啊！"朱利奥惊叹，但早已准备好开讲，"苏格兰的著名作家罗伯特·路易斯·史蒂文森……《金银岛》的作者。"

阿曼德举起手："啊，对！我读过。"

其他人仍不为所动，气氛像极了学校里的课堂提问。朱利奥一只手伸向阿曼德，像要用魔法把他从地上举起来。"看吧，阿曼德读过这本书！讲的是海盗的故事，你还记得吗？"

阿曼德点点头，匆匆向周围瞥了一眼。突如其来的关注使他感到有些不自在。

"可能正是爷爷建的灯塔给了史蒂文森灵感。"

"史蒂文森是谁？卢齐奥的朋友吗？他竟然直呼其名……"口香糖悄悄对琳说。

大家都在窃窃私语，不时还发出笑声。少年们已经变得心不在焉。

"要不我们去其中一个山洞看一下，怎么样？"朱利奥建议。

男孩们立马变得精神抖擞，而几个年龄大点的女孩却毫无反应。

黛恩德蕾撇撇嘴，娜塔莎耸耸肩，看了一眼一直和自己形影不离的朋友，两人都无奈地笑了。其他女孩里，有一个仍和往常一样目光呆滞，小声说："会很危险的。"只有口香糖兴高采烈地说："真正的山洞！我可从没见过真正的山洞！"

琳挖苦她："说不定我们能在山洞里遇见阿里巴巴。"

"阿里巴巴是谁？"口香糖迷惑不解。

琳朝上方翻了个白眼："你真的什么都不知道！"

"阿拉伯文化我确实不了解，你知道这个人吗？"

"是个故事！大家都知道。"

"我从来没听过。阿里巴巴，让我想想，说不定我可能记得。不不，我确实没听过。"

7. 郊游

"多么平静，多么闷热啊，连空气都要沸腾了！"

卢齐奥对不太理想的天气的评价，并不能阻止他们，第一天下午的海边郊游仍然如期进行。虽然天气炎热，少年们还是被迫穿上了长裤和徒步鞋，谁要是穿了短裤和人字拖，立马就会被打发回去换衣服，因为去海边的那条小径蜿蜒崎岖，一路上需要爬坡，而且石子遍布。

队伍在正午出发，所有人都在抱怨和抗议，但他们还是排着队出发了，按照几位队长的话来说，这真是"怨声载道"。

卢齐奥已经出发了。出发前，他来到庭院里，身穿牛仔短上衣，胳膊上挎着头盔。少年们围在他身旁看热闹，对他啧啧称赞。他用力踢开脚撑，跨上摩托车，没有摘头巾，直接戴上头盔，挥挥手与大家作别，然后启动摩托车，烟囱排出一串尾气，消失在小径尽头，扬起一片灰尘，像一个真正的古代牛仔。不过，从摩托车扬起的灰尘巨浪来看，更像是一队牛仔。

"伙计们，太壮观了！"塞缪尔大喊。

马克西姆也说："天啊！太刺激了！"

"崭新的摩托车，真是一辆宝贝！"阿曼德说。

"真酷！"娜塔莎长舒一口气。

"而且是件古董。"马克西姆马上接她的话茬，向她投去欢喜的眼神。

"哪是古董了！一点也不像。"娜塔莎不耐烦地回答。

马克西姆却坚称："不要被它的外表迷惑。"

塞缪尔矫揉造作地拖长声音朗诵："她——爱上了——卢齐奥！"

娜塔莎压低声音，愤怒地反击："你还是三岁小孩吗！"

"你以为你是谁啊，事儿精？"塞缪尔马上火冒三丈。

"谁让你找碴儿的？"口香糖马上过来捍卫自己的朋友，但是她有点畏首畏尾，就躲进三个女孩中间警告他们："你们这是干什么？是想把队长引来吗？"

"你给我闭嘴，丑八怪！"塞缪尔破口大骂。口香糖昂首挺胸对着他，毫不畏惧："你说什么？你没完了是吧？"

"你干什么！欺负比自己小的女生？"黛恩德蕾上前质问。

"你最好也闭嘴，骨头架子。"

"嘿，你冷静点儿。"琳说着走向塞缪尔。

塞缪尔盯着琳，犹豫了片刻，似乎思忖着，在没有任何后援的情况下，是否值得和所有女生作对。马克西姆好像不太支持他，其他男孩也都已经走远了。他往后退去，气得咬牙切齿，面部扭曲，恰好碰到了来叫他们的朱利奥。

朱利奥马上嗅到了空气中的火药味："塞缪尔，怎么回事？"

所有人都精疲力竭，一声不吭地回到各自的房间去换衣服，为下午出行做准备。这才第一天，男孩子的床位就做了调整，瓦尔特和塞尔乔互换了床位，与阿曼德、玛伍成了室友，所以塞尔乔便和塞缪尔、马克西姆住在了一起，但他与瓦尔特不同，并不在意和谁做室友。

第一段路几乎全是上坡，大家顶着烈日跋涉，"怨声载道"已然变成了无声愤懑。大家气喘吁吁、汗流浃背，还有人在一旁咒骂。几位队长分散在队伍里：朱利奥打头，玛丽安娜在中间，罗贝塔则更靠后，挨着那个沉默寡言的女孩——她总是离所有人远远的。终于，爬坡结束了，他们向左拐进一片松林，震耳欲聋的知了声将他们紧紧包围。

"能回海边吗？太热了！"娜塔莎提议，轻轻咬住嘴唇，用乞求的目光注视着朱利奥，想要说服他。

但朱利奥用怜悯的口吻回答："很抱歉，不能。第一天我们最好按计划行事。"

"你说过我们可以修改计划的……"娜塔莎仍不气馁，忽闪着睫毛，向她的好朋友寻求支援："对吗？玛莉卡？"

女孩自觉地声援："对，你们说过计划是灵活可变的……"

"那还去山洞吗？"塞缪尔挑衅地问，脸上汗如雨下。

"我们说了，明天带你们去。"朱利奥回答，"今天的旅行很重要，可以让你知道自己在哪里。后面几天我们再做调整，比如加上去山洞的计划。"

"那游泳呢？"马克西姆瞥了娜塔莎一眼。

"我们之后再游泳。"罗贝塔回答。

人群中传来不耐烦的叫嚷声，但队长们仍不让步。玛丽安娜刚讲完地中海丛林的故事，他们艰难的行程就到达了终点——小海湾就位于此地，海水澄澈晶莹。路途中每走一百米，他们就会短暂停留一会儿，观察周围的灌木丛和其他植物，比如番樱桃、蜡菊、龙舌兰和野生鼠尾草。玛丽安娜毫无保留地给少年们指出这些植物，并把叶子擦干净，递给他们闻叶子的专属气味。

"有点儿像尿的味道！"塞缪尔在大家开怀的笑声中说。

队长们并没有像学校的老师那样恼火，反而也跟着大笑起来。

"确实挺像。"朱利奥表示赞同，"可能是野猪的尿。这里会有十几只野猪经过。"

"好恶心啊，我们刚才还摸了！"塞缪尔尖叫。

几个女孩利用停留的时间瘫坐在地上休息。那个最沉默寡言的女孩站着不动，紧紧挨着罗贝塔。

"你想休息一下吗，弗兰？"罗贝塔关切地问。

女孩摇摇头。

"你想喝点水吗？有谁想喝水吗？"罗贝塔队长一边问，一边把行军水壶从背包里取出来。

杰茜非常有礼貌地回答："谢谢罗贝塔，我自己带了水。"

娜塔莎和玛莉卡手上拿着各自的水杯，懒得回应。

口香糖说："我想喝点水。"然后接过罗贝塔手中的小杯子。

黛恩德蕾瘫软在一块大石头上，苍白无力地说："我实在走不动了，我在这里等你们。"

"不行，加油啊！我们马上就到了。"罗贝塔一边翻腾着自己的背包，一边给她加油打气，"来，吃掉这块巧克力，补充点能量。"

"不用了，谢谢。"女孩回答，"吃巧克力会发胖的。"

"绝对不会的。"队长固执地凑近她，给她看糖果的成分和热量，语气显得很专业。女孩还是继续摇头，"我还是喝点水吧。"

"拖着一个半死不活的人在后面，是怎么想的？她都快死了。"琳闷闷不乐地抱怨。

"是吗？你是说她病得很重？"口香糖害怕地问。

女孩瘫坐在石头上，弓着脊背，肘关节支在膝盖上。琳和口香糖站在远处窃窃私语。

"我敢打赌，那个女生会休克的。但愿她别出什么事儿，真该死，不然就得叫急救了。"

"什么？急救！在哪里？这周围可什么都没有！"

琳耸耸肩："会有直升机来的。"

口香糖激动得跳起来："天啊！直升机！天呀！你是认真的吗，琳？真的有直升机？"

"口香糖，行了，你冷静，我只是在做假设，就是这样……"她抬起手挥了两下。

"她可真是可笑。"

"就是。"

口香糖安静下来，不再激动。她张着嘴思索了一会儿，提出一个问题："黛恩德蕾为什么要来这里呢？"

8. 黛恩德蕾

我真的难以相信自己干的蠢事，竟然是我自己决定来这里的。我非常喜欢大自然，但我没想到它会如此令人窒息，如此令人辛苦，而且到处都是会伤人的虫子和危险的植物，我们还得会辨识它们，可我什么也不认识。

一开始，我房间里有只快成精的大蜘蛛，我们疯了似的，折腾了很久才把它弄出去，因为我不想杀掉它，但是娜塔莎把毛巾往墙上抽，想把它拍死。总之，整个过程非常艰辛。

从大家决定晚餐吃什么的那一刻，我就意识到，自己真的大错特错了。面食会让我胃里不舒服，所以我从来都不吃。去医院检查后也没什么结果，可是我很确定，我得了乳糜泻。我一吃面条和面包就不舒服，应该是代谢系统出了问题。虽然证据摆在这儿，可许多医生还是对一些事实视而不见，因而低估了我的病情，比如，面粉中杂七杂八的，吃面食肯定会不舒服，不然也不会是要忌口的食物；我们都因为吃了这鬼东西而胀气、变胖。可医生否认这些观点，只会给你开药，开营养补充剂，然而这些药会伤害你，让你产生依赖。医生给我开的药单长长一列，差不多有一千米长，全都是营养补充剂、维生素和饥饿素。幸运的是，我知道如何保持饥饿感，所以，我才不会上当呢！

然后，他们在一个不吃面食的人面前摆了一份千层面，而且还是西红柿肉末酱的。我得让人知道我讨厌吃肉，哪怕闻到肉味我都会恶心。我问自己，为什么在这个年代，大家还要用这种方式食用动物？我们不再是未开化的人，可以不必让动物再继续遭受痛苦。在今天，已经有许许多多的人选择成为素食主义者，可是妈妈、爸爸以及他们带我去看的医生，还有一些对我所知甚少的女友却说我做错了，这真是可笑。

不过很幸运，心理医生认同我的看法。她不但说她理解我，还说她也是素食主义者。她建议我用另一种方式看待食物，要与自然和谐相处，接受大自然给予我们的营养，并以此来强健身体，提高智力。妈妈总是斥责我，说凡事都要有限度，是我太夸张了。宣布做素食主义者并选择一种饮食方式是一回事，而什么也不吃是另一回事。然而心理医生说，症结就在于我给自己设置的限度太多了，以致最后，我把自己困在了一个逼仄的空间里，毫无自由。

那时我的处境很糟糕，所以当心理医生说她能够理解我时，我感到十分惊喜。除了自然，我跟她没有什么事情可谈的，我说："我尊重自然，喜爱所有动物，甚至连一只苍蝇都不舍得伤害，我情愿生活在森林里。"可就是因为那次谈话，我才选了这个以自然为主题的夏令营。我原本以为森林会像科幻电影里那样美妙而神奇，没想到这个地方如此令人痛苦：骄阳如火，天气又闷又热，一整天都有虫子叮人，树林里野猪会刨树根，狐狸会残害农家的母鸡和豪猪幼崽。我再也不想听到这些事情。我讨厌玛丽安娜讲悲伤的故事，讨厌她讲这些故事时嘴角的笑容，最后，她还要加一句残忍的评论：

"这就是为生存而做的斗争。"

娜塔莎和玛莉卡似乎很乐意待在这里。我和她们住同一个房间，她们高兴得像中了彩票。我理解她们，她们比我小一岁，而且娜娜①从没来过海边，玛莉卡从没参加过夏令营。而我小学就开始参加夏令营，而且也经常去海边。虽然娜娜和玛莉卡从未说过，但我知道自己被宠坏了，或者说我的条件比她们更优越。她们非常可爱，也许她们加入这个群体是因为家庭问题，也可能是她们父母负担不起真正的假期。当然，有时娜娜还挺讨厌的，因为她总喜欢出风头。她的确很漂亮，应该展示自己。男孩们已经失控了，尤其是塞缪尔，他很疯狂，像个被压迫者，老远就能认出他。娜娜做了什么？她在挑衅他。在我看来，她是故意这么做的，她是想看看谁能追到最漂亮的女孩，这不过是老把戏而已。还有另一个家伙——马克西姆，我觉得他很狡猾。他以为自己很酷，但事实并非如此，他留着和漫画里一样的头发，穿着怪异的裤子，脚踝露在外面。

这个夏令营与众不同的是，来这儿不需要付钱，也不必学什么东西。正因为这样我才报名参加的，因为我受够了其他夏令营，不是学一项运动，就是学语言或者其他东西，反正就是没完没了地上学。当老师的孩子是一种不幸，偏偏我妈妈是中学校长，爸爸是大学老师。

和心理医生交谈时，我表达了自己想亲近自然的强烈愿望，最好是远离一切喧嚣。她非常满意，让我去网上查查，所以我去网上搜了搜，但我不想了解搞环保的绿洲或者考古公园和生态公园，他们会列出令人毛骨悚然的计划，因为我知道"作坊"意味着什么，在这些夏令营里就有许多这种作坊。所有夏令营里都有作坊，只有

---

① 娜塔莎的昵称。

这个在灯塔上的夏令营里没有。这里就是大自然的一部分：一个由十一至十五岁少年组成的小群体，在一座真正的灯塔里，没有作坊里的指令。来这里之前，需要填一张表格，表格里有很多选项，组织者会根据表格的勾选结果筛选成员。我把选项全都浏览了一遍，选了"父母离异""社交障碍"和"注意力缺失症"。我还勾选了"从未去过海边"，并告诉自己这不是在撒谎，毕竟我还真没去过灯塔。

我本以为这个群体里都是和我相似的人：父母离异、性格内向的孩子，或者是有某种怪癖的孩子（可谁会没有怪癖呢），又或者是家庭不太富裕但又需要度假的孩子，对于这点我有些内疚，因为我之前就度过假，这个项目结束后，我也还会去度假。

我也是问题少年中的一员，这点我很清楚。我得的几乎是厌食症。尽管心理医生给我做思想工作，让我正视自己的病情，可我还是不觉得自己得了厌食症。我很瘦，但没有瘦得过分。实际上，我没有勇气像其他女孩那样，一点食物也不吃，她们发推特说自己的状况：不吃面包，不吃早餐，一周瘦两公斤！其实，我也不是每次吃饭都会呕吐，我是一个失败的厌食症患者，因此我得的是双重疾病。

我坐在车上，等待着其他人登上大巴车。娜娜和玛莉卡的父母都是移民，她们几乎从未度过假。如果排除她俩的话，我们可都是病人。有个女孩和我同岁，她总是一声不吭，表情空洞，问题似乎很严重。就连在介绍自己的名字时，她都显得很吃力，她含混不清说的那些话，一开始我还真没听懂。还好队长他们让我们把自己的名字写在名牌上，然后别在 T 恤上，这样我就看见了，她叫弗兰。我觉得她患有紧张症，可能她在服用治疗精神病的药物。那么他们为什么要接收她呢？

另一个女孩，她的名牌上写着口香糖，因为相比于她的名字，她更喜欢自己的绰号，至于她的名字是什么，我完全没记住。她年龄最小，也正因为这样，她的思维似乎不太敏捷，好像时不时地和大家有些脱节。口香糖总缠着一个身材强健、表情凶巴巴的女孩，这个有点像小混混的女孩也有一个绰号——琳。还有一个女孩，人很和善，看起来很温柔，她真是个小可怜。谁知道为什么要让她来这个群体，这里可全都是些不正常的人，而且她还和那俩最差劲的女孩一个宿舍，她俩都没有写真名，只写了一个单音节^①的绰号——弗兰和琳。

　　而那些男生，在我看来他们都很值得同情，要么像那两个女混混一样蠢，要么就是可怜的狂热分子，或许他们生活得还挺艰苦。

---

① 弗兰（Fran）和琳（Lin）的名字在意大利语中都为单音节词。

9. 在灯塔里

晚饭前，大家都待在餐厅旁边的大厅里。沐浴过后，女孩们的头发蓬松而芳香，她们炫耀着各自的小礼服、项链和手镯，看起来容光焕发，重新变得朝气蓬勃。那场郊游令人精疲力竭，不过回到灯塔里，男孩们又恢复了体力，他们也仔细冲洗一番，有几个像掉进了香水喷泉里。

朱利奥先开了腔："孩子们，你们应该发现了，在这里手机没有信号。"

"这里没 Wi-Fi？"塞尔乔的一只手从头上滑到脸颊，极短的头发上涂满了发胶，消瘦的脸上满是失落。瓦尔特也是，他收回目光，眼睛躲在镜片后，仿佛消失了一般。

"对，没有。"朱利奥冷漠地说，"灯塔在孤岛上，这片区域没有中继器。"

大家失望地叫嚷着。

"那我们怎么给父母打电话？"黛恩德蕾问，但是语气一点儿都不焦急，反而还有些宽慰。

"谁在乎父母？我在这儿有女生朋友，还有这些伙伴！"娜塔莎几乎是歇斯底里地喊出来的。

"就像在大海中央。"阿曼德感叹一句。

"对啊，我们就像海难的逃生者。"瓦尔特严肃地说，"起码船上还有 GPS 导航呢！"

"即使是在宇宙飞船里，我们也不会像现在这样与外界隔绝。"塞尔乔摇着头说。

"你们太夸张了，伙计们！"塞缪尔大笑起来，"谁还在乎手机啊！"

"我在乎。"玛伍反驳道。口香糖也鼎力相助，大喊："你傻吗？这样我们就不能发照片了。"

"你还在乎发照片啊？你给谁看啊？给你对象？"塞缪尔挑衅她。

"我要说是呢？你肯定没搞过对象，肯定没有。"

"得了，孩子们，又不是世界末日。"朱利奥想缓和一下气氛，狡猾地说。

娜塔莎发泄道："难道不是吗？我们这样跟死人有什么区别。"

"哇哦！"队长笑了起来，"得了，别这么夸张！照片嘛，你们可以用手机先拍下来，每三天可以让你们连一次我的平板电脑，可以发封邮件，发发语音，发视频也可以，随你们选。"

"你的平板电脑怎么能用？"塞缪尔指着朱利奥手中的设备，粗鲁地问，"你一直拿着它，今天你还在路上用它查距离和气温……"

"对啊！"马克西姆打断他，仰起头，眼睛看着正上方，"他有密钥！"

"不是。"朱利奥从容不迫，"我有特殊的网络。"

"对，直接和火星连接！"玛伍戏谑地说。

"被你们发现了！我就知道你们迟早会发现的！"朱利奥和他们开玩笑，语调像演员一样平稳。

"什么意思？"口香糖迷惑不解地问。

"喂，什么意思？"塞尔乔也问。

"对，他就是想让我们相信他是外星人，不是吗？"黛恩德蕾大声喊。

"啊？是这个意思吗？"塞尔乔不解地又问了一遍。

听了朱利奥的俏皮话，没有一个人发笑，他试图纠正自己的说法："哎呀，我刚才是开玩笑的，你们也太敏感了！"

"那你现在想表达什么？"口香糖说，"这里比学校还糟糕。"

"这次我站你这边，小口香糖！"塞缪尔说。

其他人都赞同口香糖，有的看上去恶狠狠的，有的则神色担忧。就连阿曼德看起来也很不安："家里人会担心的。"

"不会。"朱利奥恢复了正常语调，干巴巴地回答，"你们父母知道这件事。这是约定。"

"什么约定？"娜塔莎火冒三丈，"妈妈什么也没对我说。"

朱利奥凭记忆又把规定说了一遍："不能私自使用手机、平板或笔记本电脑。这是我们计划中的一部分。"

除了黛恩德蕾点头同意以外，其他人纷纷抗议："我什么也不知道！""没人跟我说过！""为什么？有这条法律吗？"

"这不是法律，塞尔乔，这是规定。"队长严肃地向他解释，"我们来这里是为了一个团队待在一起，我们大家团结一心，而不是为了逃去另一个虚拟的地方。"

"去哪儿——？"口香糖眨着眼尖声问。

"去另一个虚拟的地方。"琳重复朱利奥的话，神情愉快。

"我是说，你们应该彼此多接触接触，而不是和那些不在这里，而且离得很远的人聊天。"朱利奥耐心地解释，"现在该吃饭了！"他大声地说，接着麻利地站起来，满意地搓搓手。

幸好有莫妮卡做的晚饭，少年们才重新振奋起来。所有人都饿得饥肠辘辘，在逐渐升温的笑声中，大家一边对厨师的厨艺赞不绝口，一边把千层面、油煎面包、纸包烤鱼和烤土豆全都一扫而光。吃完饭后，莫妮卡端着桃子蛋糕从厨房走了出来，大家都纷纷为她鼓掌。

马克西姆称赞她："明星厨师莫妮卡！"

底下响起喝彩的口哨和掌声。手机和网络危机本来已经过去了，可吃完饭后，大家又提起这个问题。没有电视，没有平板电脑也没有 PS 游戏机，总之什么电子设备都没有。大家觉得这里一片死寂！

罗贝塔试着激发大家的兴致，开心地喊道："白天大家辛苦了，现在我们决定让你们做些放松的活动！你们可以玩纸牌、打桌游，它们都在书架上。当然，这儿还有一些藏书……"

"放松的活动？你们会吗，伙计们？"塞缪尔嘲笑地问。

"我觉得倒是你不怎么会。"娜塔莎反驳。

马克西姆大笑起来，塞缪尔暴跳如雷："你笑什么？"

"我就觉得好笑，怎么了？"马克西姆回答。

"得了，别吵了。"罗贝塔站到中间阻止他们。

"藏书在哪里？"黛恩德蕾问。

"在最里面那几排架子上，桌游也在那儿。你们去瞧瞧……"她欢快地说，"还有一个书籍摘要大全，你们可以做个参考。"

黛恩德蕾立刻朝里走去，琳、杰茜和口香糖跟在她身后，口香糖还在一边抱怨："在这儿所有人都讲些超难的东西，他们是有毛病吗？嗯？"

黛恩德蕾的一双小眼睛透过厚厚的镜片凝视着口香糖，觉得自己应该向她解释一下："她提醒我们，有本出版物里面写着许多书籍梗概，我可以通过它知道每本书里面讲了什么。我想通过这本出版物找一本很厚的书来读，这样就不用跟别人闲聊了。"

"我觉得这是个不错的想法。"琳挖苦她。

"怎么？你改变对这些人的看法了？"

琳耸耸肩："才没有。其实我也在找灵感。"琳用挑剔的眼光盯着书架，语气十分冷淡。

阿曼德、瓦尔特和玛伍也来到图书角，开始浏览自己手中的书，每个人都安安静静地做自己的事情。

"找到小黄书了吗？"塞缪尔身体探到阿曼德的肩膀上方。对方厌烦地摇摇头，没有回答。

黛恩德蕾正在浏览一本非常厚的书，听到对话后，她便向琳瞥了一眼，但琳没有理睬，因为此时她正聚精会神地挑选从书架取出的几本书。倒是她旁边的口香糖捕捉到了黛恩德蕾的目光，扭头看了一眼。

"看看这本你感兴趣吗？"琳冷淡地递给塞缪尔一本漫画小说。

对方接过书后大笑："这本书真酷啊！"他快速浏览着，又补充一句："然而没什么深刻的东西。"

"这就读完了？真是神速。"琳说。

黛恩德蕾莞尔，瞥了一眼那本书，又看了她一眼，她看起来一点也不害怕激怒这个自以为是的家伙。口香糖被封面上的图案吸引了，她死死盯着封面，张着嘴出神了好一会儿，封面上有个男人，男人坐在电脑前，肩上有一只长角的怪物，怪物张大嘴巴露出许多剑齿。

"拿着！"塞缪尔粗暴地把书扔给口香糖，似乎要把书印在她的黑色 T 恤上。

口香糖回过神来，但没能及时接住，书啪的一声掉在地上。几位队长转身看向他们，塞缪尔举起双手，做出防御的姿势。口香糖指着男孩，高声说："不关我的事，是他！"

"没关系。"玛丽安娜急忙赶来帮忙，"只是一本书掉了而已。"她把书捡起来，微笑着说，"没人受伤，没事哈。"

娜塔莎和玛莉卡正坐在一张长沙发上聊天，她们不情愿地抬头看了一眼，又漠不关心地继续聊天。马克西姆像一只老鹰，一直在她俩周围盘桓，他借此机会依靠在沙发靠背上："你的头发好香啊！"

"木兰香洗发水。"娜塔莎告诉他，她的朋友在旁边窃笑："你要想要就拿去。"

"如果你给我涂洗发水……"他压低了声音，这时朱利奥开口问："你们想玩塔布^①吗？"

女孩们坐在椅子上偷笑，娜塔莎用手捂着嘴问："那个家伙想干什么？"

"他把我们当成三岁小孩了。"马克西姆恶狠狠地说。

大厅的另一边，在书架前面，大家并没有太大热情。

"我的天，塔布？真是祸不单行！"黛恩德蕾小声嘀咕，夸张地把一只手放在额头上。

"那是什么？"口香糖问。

琳摇摇头，瓦尔特低声咕哝："我不懂怎么玩。"

"我会，但玩得不是特别好。"玛伍嘟囔一句。

"啊，不要啊队长！"塞缪尔抗议，"不要玩桌游！"

"你们快点，来呀，来这里。"朱利奥朝着少年们钩钩手指，

———————————

① 一种团队猜词游戏。

以不容置辩的口吻说。

杰茜立刻快跑过去，然而黛恩德蕾却打算逃避，"我找到要读的书了。"她说。

琳手指掠过封面，宣布说："我也是。"

"非常好，书你们可以读，不过得之后。"罗贝塔摇晃着鬃毛一样的头发，显然已经准备好与她们较量一番。

"之后什么时候？"琳厌烦地问。

"嗯，你们可以用私人时间读。"罗贝塔回答，"你们还记得你们有私人时间吧，早上、下午和晚上都有，这些时间段，你们可以……"

"我知道。"黛恩德蕾打断她，明确地告诉她，"我认真读过计划，我们有私人时间。但现在我们可以选择做游戏或选择读书，不是吗？"

"当然！"朱利奥双手叉腰，摆出一副不容置疑的姿态，"可这是我们一起度过的第一晚，我们对彼此还不了解，最好做些大家都可以参与的事情。我们分成两组，谁跟我？"

娜塔莎和玛莉卡不情愿地举起手，接着是瓦尔特、塞尔乔和马克西姆，几乎其他所有人都举起了手，朱利奥不得不说："啊，不行，等一下，你们跟着罗比①，你还有你跟着我……"

这一次，轮到琳向黛恩德蕾投去目光，她眼神里的愤怒和不耐烦不言而喻。

黛恩德蕾被她的样子吓坏了，赶紧跑到桌子那边，塞缪尔正在那儿抗议："这是什么玩意儿？真是难以置信，队长，你想让我们用这玩意儿玩什么？"

---

① 罗贝塔的昵称。

10. 塞缪尔

不，我不能相信，三位队长看起来挺得体的，怎么会让我们做这种事！他们玩得倒是挺开心，但很明显，他们是老年人，有自己痴迷的东西。伙计们，这真无聊！这游戏，他们越解释，大家越不明白。

女孩也都对这个游戏不感兴趣，那个小美女看起来不胜其烦，小美女的朋友也强不到哪儿去，不过爱屋及乌，为了讨朱利奥欢心，她特别卖力地参与游戏。女孩们都跟在朱利奥身后垂涎欲滴，而他本人也觉得自己帅得不行。他喜欢讲些俏皮话，可自己从来都不笑，其实他还算比较得体，因为他对两个女队长也是同样的态度。一位女队长年纪比较大，另一位如果郊游时不把自己搞得灰头土脸，跟沙漠探险者似的，其实也挺漂亮的，化了妆看起来还不错，不过那个小美女还是比她好看一百倍。伙计们，小美女的身材很棒，看到她，你会立马变得格外开心，连那个阿拉伯男生的眼睛都不知道往哪儿瞧呢！我发誓，夏令营结束的时候，我一定能把她追到手。虽然很显然，她对朱利奥队长有好感，但是看起来也不是很专一。这些女孩总是围着那个老男人转，而且今天她还对那个守塔人倾慕得不得了，那个戴头巾的乡巴佬！

不，伙计们，到底是谁发明的这个游戏，是挪亚 ① 吗？你必须坐在那儿，不能做动作，想得头昏脑涨，用几个词语让其他人猜到另外一个词。像猜词这种游戏，只有书呆子才玩。哎哟，醒醒吧队长！我们都进入第二个千禧年多久了！不知道你懂不懂我们这个年代怎么娱乐！

哦！队长终于认输了。他懂了。伙计们，是时候……

真是难以置信！他拿出一把骰子，要掷骰子给我们分组。真是太蠢了！他都没看见小美女和她的朋友都快吐了？我们就不谈那个瘦竹竿了，她还以为自己是威尔士公主，取的名字恶心死了——黛恩德蕾。她还蔑视我们所有人，赶紧让她见鬼去吧！

我们为什么不撇下那些女生，自己去踢球呢？还可以轮流玩。大厅里空荡荡的，踢球至少可以让我们找点乐趣。我们本来还可以去院子里玩，可是这宵禁是怎么回事？

看来，不管长得好不好看，这些队长终究还是和老师一样，喜欢下命令，立规矩，制订无聊透顶的计划！今天又得做苦工，又得观察植物，不过幸好到了海湾可以去海里游泳，这可是今天最美好的时刻，女孩们脱掉外衣，看得所有人垂涎欲滴。是不是所有人我不知道，那个阿拉伯男生跑开了。这里可什么也不缺，尤其不缺胆小鬼。小塞尔乔偷偷溜到松树林，在树荫下，他的轮廓十分模糊。那个长得像书呆子的男生，坐在朱利奥旁边，目光落在那两个漂亮女孩身上，但显得漠不关心，好像视线只是偶然落在那个方向，他一边望着大海，一边询问关于导航的事情。是啊，是啊，我知道导

---

① 《圣经》中的人物，此处比喻年代久远的事物。

航在哪儿！唯一和我一样毫无负担地享受的人是马克西姆，那个俄罗斯人。他是个无趣的人，但要是他招惹我，我就会找他算账。我已经修理过他了，我明确地跟他说，我对那个金发小美女感兴趣。在房间里时，我建议他追那个棕发女孩，不知道她是阿美尼亚人还是土耳其人，反正是很多人中意的那种类型。

"如果是因为这个的话，我觉得我更中意娜塔莎。"他狡猾地说，"她是摩尔达维亚人。"

"你是怎么知道她是摩尔达维亚人的？"

"你猜。"他说。

很明显他是在虚张声势，我的意思是，他真会吹牛。

不过小美女看都不看他一眼。反而是我，我是说她对我，她会看我！她用深蓝色的眼睛凝望着我，然后咯咯地笑，无论谁都知道她对我感兴趣。我又不是三岁小孩！

一登上大巴车，我就和金发女孩与棕发女孩拍了张自拍照，我把照片发到 Instagram 上，立马就有很多人评论！那些人在网上口水直流。如果我发的是她们的带妆照，那他们的评论还不把我的手机给轰炸了啊！可现在，这个地方连网都没有。如果早知道是这样，我绝对不会来这种鬼地方自讨没趣。

好吧，是我自己没有仔细阅读计划，只是瞄了一眼。反正来这里是板上钉钉的事，妈妈听了学校心理医生的建议，帮我报名了这个夏令营。她嘱咐我说，本来这个夏令营成员已经满了，但是有候选名单，后来有个成员坐上了飞往热带地区的飞机……或许吧。

只要你没有到老态龙钟的地步，见到这个地方你就一定会大声尖叫的，一座屹立在海边的灯塔，太酷了！还有看管灯塔的那个人，他是这里的权威人物，戴着头巾，土得掉渣，但是体形健美。

他有一辆炫酷的摩托车，就是那种你在高速公路上只能见到它尾气的摩托。他懂得如何生活，这从他的工作就可见一斑，他只需要待在海边，就能拿到工资。

人们都说，不付出哪有回报？妈妈也爱絮叨：你什么也不干，谁会给你报酬呢？她还总是唠叨这样一句话：所有人都在为生存而努力。

可她总是一贫如洗，为缴纳垃圾税患上了栓塞病后，她就开始哭天抢地，给这个打电话，给那个打电话，告诉全世界她没有钱。她认为我最终会跟她一样？我才不会去想这个。我知道如何能捞到一点现金——在学校这个市场和朋友赌博。然而，他们都对此嗤之以鼻。妈妈吼得歇斯底里，直到现在那电钻一般的吼叫声还在我脑海里："你意识到你在做什么吗？你知不知道为了你我操碎了心？"我意识到了！这句话已经成了我的专属说唱了：你——什么也——不干，谁会——给你——报酬呢？我如果把它录下来，发到YouTube上，肯定会有人打赏一大笔钱。但是我要真那么做的话，就等着网友吐槽我这个行为不当的楼主吧。

得了吧，伙计们，学校里一直有人在赌钱，要么赌世界摩托车锦标赛，要么赌其他比赛，这种活动流传很久了。校长跟我谈话时，眼珠都快爆出来了，她说我让她感到心烦意乱。可我入学的时候，这种赌博游戏就已经存在了，不是我带的头，只是我没有告密而已。接着，她还说我的行为是违法的！她面如死灰，看起来疲惫不堪，而我妈就在旁边。说到这点，我当时就应该谴责她滥用词语，我还只是个青少年，她这个老妖婆！他们在那儿控诉我的违法行为，拿开除学籍、社会服务和法院来威胁我！我耳朵嗡嗡叫，实在听不下去了。我承认，她威胁我的话给了我很大压力，他们威胁我，不仅是因为我威胁别人和我打赌，还因为我卖给同学两张旧唱片，可那是我自己的东西！我帮了所有人大忙，在易贝（eBay）上买这些东西得付双倍的钱。

有人问我能不能帮他卖漫画书，我帮他找买家，他给我一部分中介费，这可有点危险。可这个工作就能得到报酬，不是吗？我也卖香烟，可谁都知道那不是毒品，我可不是疯子！谁知道别人会给这事儿编个什么故事。笨蛋校长不仅把我的小生意称为"黑市"交易，还给我强行贴了个"滑头"的标签。其实我倒觉得这是一种赞赏，大家只会用这个词形容非常狡猾的人。那个笨蛋亮出了撒手锏——打电话给心理医生。然后我就成了拥有"双重人格"的人。什么玩意儿！当时，我觉得心理医生很浑蛋，因为他说我自控力很差，性格冲动，注意力不集中……仍是老师平时说的那些无聊东西。所有人都必须是他们的机器人，老实待着，服从，学习，死气沉沉。

为了尽快摆脱折磨，我答应了到灯塔来。我知道有个环节叫"自我认知的历程"，会有各种教诲和练习给我们洗脑，诸如此类。我知道为什么有人在网上跟我说过"要留心，虽然计划里不会写，但是他们会让你做许多心理疗法之类的事"。

"例如？"我忧心地问。

"让你画画，讲故事，让你们所有人一起做游戏。"

"然后他们给你打分，对你作出评价？"

"没错。"

"这有什么问题？"

"我只是告诫你。"

11. 沙滩

"大家自由活动吧！"罗贝塔一边往灯塔附近的沙滩走，一边宣布。

"好，不用说也知道。"娜塔莎和玛莉卡小声嘟囔。

"我们有网球拍、弗里斯比飞盘、木球、迷你高尔夫球杆……各种各样的游戏都有。"罗贝塔热情洋溢地继续说。

"听到了吗？"娜塔莎使了个眼色，"他们让我们自由活动，然后一切都由他们组织！"

少年们不愿听从，一脸愤怒，如同波浪在惯性的作用下，在沙滩上翻涌出泡沫。

塞缪尔吃早餐的时候，脸上带着伤痕，面对朱利奥关切的询问，他说是在卫生间的门上撞的。马克西姆的指关节也擦伤了，鼻子上有凝结的血迹。

"我得马上把你们分开。"朱利奥皱着眉头宣布，"塞缪尔，你以后和我一起住。现在，塞尔乔，你和马克西姆继续住在原来的房间里，但你们要知道，我会一直盯着你们的。"

他神情冷淡，目光落在两个当事人身上，好奇的讨论声开始在人群中蔓延。只有塞尔乔目睹了早饭前房间里发生的事，但是他对此事绝口不提。

"我对你们的行为感到非常失望。"罗贝塔说，"但是也是我们判断失误，不应该把两个如此争强好胜的人安排在一个房间。"

其他房间也不让人省心。制止房间里的笑声和窃窃私语，阻止房间里的灯一会儿开一会儿关，把借口去上厕所探出头来的孩子重新送回房间，就这样，玛丽安娜和罗贝塔在走廊里一直巡逻到深夜。

早上，少年们因为起得太早而快快不乐。三位队长全都不在，但显然他们做错了，因为在这几分钟空闲时间里，塞缪尔和马克西姆又打了起来。

大家在紧张的气氛里吃完早饭，板着脸准备去沙滩。

"今天要去参观山洞。"瓦尔特提醒朱利奥，对方勉强微笑了一下。

"是的，不过要看你们的表现。如果你们之间有人惹麻烦，我就不打算带你们去了。"

"怎么能这样，队长！"口香糖抗议，"惹麻烦的是他们，是男生！你只带我们女生去吧。"

"想想你自己吧，口香糖。"玛丽安娜训斥她，"你们女生昨晚快把我们累死了。谁知道你们几点才睡着，我凌晨一点才去休息。"

"队长，我得了甲状腺功能亢进，睡得很少，这不是我的错。"女孩为自己辩解。

"好，好，但是今天大家最好安生点儿，否则就不去郊游了。"罗贝塔烦躁地打断她。

到了沙滩上，大家心情终于平静了些。女孩们把沙滩巾铺在沙滩上，娜塔莎和玛莉卡互相给对方背上涂防晒霜；黛恩德蕾坐着在看书，因为怕晒伤，就没有脱掉 T 恤；口香糖脱了背心，但没有脱掉短裤，坐在沙滩巾上把脚泡在海水里，杰茜也学着她的样子。但罗贝塔马上提醒她们："先别游泳，还太早！"然后她又问口香糖是否想打网球，女孩不太确定地点点头，其实两人打得都不是很好，这只不过是口香糖为自己玩水的一种致歉方式。弗兰没脱衣服，低着头光着脚丫在沙滩上走，像在轻抚沙子，也像在测量步数。琳坐着观察大家，他们又像往常一样鲜明地分成两队：女孩在这边，男孩在那边。

男生打几个手势，没多大会儿就达成一致去拿足球，他们把沙滩巾堆在一起当作球门，然后就开始三对三打比赛，有时也会四对二，但这时就只有一个守门员。当然，马克西姆和塞缪尔分别在对立的球队，他们想找矛盾来清算早上的账。守门员是玛伍，他在男生中个子最小，但他肌肉强健，动作敏捷，表现得出乎意料的灵活。两个竞争对手难以轻松连续射门，因而怒火更旺。

"你们觉得他两为什么合不来？"他们相互推搡时，琳盯着他们问道。

"因为他们脑子有问题。"黛恩德蕾说，眼都没抬一下。

娜塔莎似笑非笑地叹了口气。

玛莉卡说："依我看，他们两个是看上了同一样东西。"

"什么东西？"黛恩德蕾突然变得很好奇，视线从书本上移开。两个女孩交换一下眼神，不谋而合地笑起来。

"就像在山洞里？他们为女神而决斗。"黛恩德蕾说，斜着眼睛瞥了娜塔莎一眼。

"女神！你说什么呢？"娜塔莎愉快地问。

口香糖注意到她们的谈话，笑着把网球拍放在沙滩上，放弃了这场不可能有结果的比赛。"算了，我要休息一下。"她对队长说，然后好奇地跑到有说有笑的人群边，不由分说地挤了进去，"发生了什么？你们在聊什么？"

"没什么。聊那两个打架的人。"

"就这事？谁知道为什么吗？"她审视着其他女孩的脸。

黛恩德蕾重新沉浸到了书本里。

琳简洁地回答："据说是因为娜娜。"

"天啊！"口香糖大喊。

杰茜靠过来，听到这条宝贵的消息，一改刚才板着的面孔，转而变得轻松愉快起来，问娜塔莎："那你喜欢他们中的哪一个？"娜塔莎正躺在沙滩巾上，皮肤晒出了些许古铜色。

"谁也不喜欢。"女孩双眼紧闭，开玩笑地说，"他们就是两个乳臭未干的小屁孩。"

"哎呀，那他俩动手一点意义都没有。"口香糖大声说。

"可他们还是会动手。"娜塔莎表情怪异，似乎有些厌烦。

"你们看看谁来了。"琳提醒她们。

卢齐奥来到沙滩上，还是那身打扮，戴着头巾，穿着牛仔裤。娜塔莎睁开双眼，像弹簧般一下子跳起身来，"卢齐奥！"她开心地朝卢齐奥挥着手大喊。男人举起双手，女孩向他跑去，玛莉卡和杰茜也跟在后面。

"队长他们叫了援兵啊，才第二天他们就控制不住局面了。"黛恩德蕾放下书，叹了口气。

琳点点头，观察着受到教练和其他女孩热情迎接的男人。

卢齐奥打了声口哨，召唤那些仍继续在沙滩上玩耍的少年，他们听到后停了下来。男人双手叉腰站在那里，少年们开始向他聚集，男孩都气喘吁吁、大汗淋漓，女孩尽力远离他们。马克西姆离娜塔莎太近了，娜塔莎给了他一肘。

"我是来给你们介绍山洞的。"卢齐奥说。他戴着一副太阳镜，看不到他的目光，但是可以看出他心情不错。少年们发现他穿的是徒步鞋，而不是前一天那双马靴。

"我们要穿礼服来吗？"黛恩德蕾以挑衅的口吻问。

男人生硬地回答："你已经穿得很合适了。T恤和短裤就很好。"

"至于鞋子嘛，我已经帮你们带过来了。"朱利奥接着卢齐奥的话继续说，向他们展示两个装满运动鞋的袋子，"找到这些鞋子可真不容易，你们确实有把东西扔得到处都是的天赋。"朱利奥在开玩笑，但没一个人笑，反而神情都很担忧。他们冲过去撕扯手提袋，大喊"松手！""这只是我的，傻子你没看见吗？""这里有一只不成双的鞋子！""能安生点吗你？"

"哎哎，慢点！"朱利奥想干涉他们，但是卢齐奥示意他不要管，由他们去。"我看他们很急躁。"他分析说。

唯一没有为鞋子厮打的是弗兰，她和罗贝塔站在一旁，罗贝塔已经帮她找到了运动鞋。

朱利奥摊开双臂，神情沮丧。"我都跟你说了，他们没睡好。我觉得带他们去山洞并不是个好主意。"

"不，我觉得这主意很好。你待会儿就知道了，他们这种欢快劲儿，一会就过去了。"卢齐奥肯定地说，然后提高嗓门，"请问，穿双鞋需要很长时间吗？"

"老……那个，队长……我只找到一只鞋子！"塞缪尔抬起一只穿着鞋的脚辩解。

不见的那只鞋子从侧面朝他头顶飞过来，立刻引起一场争斗，他们激动不已，挥舞着胳膊和腿，叫嚷着拳脚相向。几位队长冲进扭打的人群中，把正在相互吐口水、扇耳光的少年隔离开。卢齐奥镇定自若，一个个把他们拽开，用力拎到远离其他人的地方。突然，有个人因为推搡而失去平衡倒在沙滩上，所有人都因为这突如其来的意外大气不敢出一下。

马克西姆坐在地上，脸涨得通红，感到耻辱而又气愤。"你以为你这是在哪儿？自由摔跤擂台？"他像弹簧似的站起身来，愤怒地吼叫。

"你还不知道吧，我可是黑带，一直都有训练。"卢齐奥双手搭在腰间，面无表情地回答。

"什么鬼玩意儿！你怎么不去找柔道大师的麻烦！"口香糖一边冲塞缪尔大喊，一边擦掉别人吐在自己脸上的口水。

"你不能这么做！"塞缪尔怒不可遏地回击，"你太过分了！"

"闭嘴吧，你才真叫过分呢！"黛恩德蕾反驳。

"孩子们，得了，卢齐奥是在开玩笑，他根本不是柔道大师！"朱利奥一脸困惑地打断他们。这种暴力示威方式根本不是他的行事风格。

"他是撒谎精！"黛恩德蕾愤怒地喊，她刚才也被粗鲁地推到了一旁。

"队长，告诉她，发言不需要举手！"塞缪尔抓住机会揶揄她。

"谁刚才举手了？"卢齐奥语气冷冰冰的，训斥他们，"你们！我已经把你们分开了。你们刚才像疯狗一样打架，你们羞不羞愧！"

少年都默不作声。几位队长看起来困惑而又失望，但也没有说话。

男人继续说："我来这里是为了一场特别的郊游，但如果你们喜欢打架的话，那就打吧！"

人群里鸦雀无声，有人盯着地面，有人看向一旁，有人不断敲击着手指，也有人在挠头。

"都听明白了吗？你们还想不想去？"

人群里有几个人小声地说想去。

"不想去的人举手，就和罗贝塔待在这里。"

黛恩德蕾噘着嘴把手举起来。杰茜也加入进来，玛莉卡正准备举手，娜塔莎拽住她，小声说："你要去！"

这时，弗兰大哭起来。罗贝塔把她抱在怀里，小声说着什么安慰她。女孩都聚过来，口香糖问："怎么，她是吓坏了吗？"

正在安慰弗兰的罗贝塔笑着摇摇头。尽量想把事情一笔带过："她只是有点激动，对吗，弗兰？"

女孩点点头，两个拳头抵在队长的胸口。出乎意料的是，她说："我想去山洞，罗比。"

朱利奥和玛丽安娜相互看了看对方，神情紧张。玛丽安娜说："或许我们应该改天，等所有人都想去的时候去，你们说呢？"

得到的是斩钉截铁的"不"。

"那么？"卢齐奥问朱利奥。

"我们都应该参与到活动中来。"朱利奥盯着人群说。

"如果这个家伙不想去，我们也不去吗？"塞缪尔忍不住问，摊开一只手对着黛恩德蕾。

"这个家伙……她有名字，你不记得吗？"朱利奥斥责他。

"别管他，队长，反正他总是说不对。"黛恩德蕾回答，"如果我不去，会扫了大家上午的兴致，那我去。"

"谢谢，你真慷慨！"塞缪尔讽刺说。朱利奥为了防止发生新的冲突，高举双手："得了，够了啊！"

杰茜有些踌躇，口香糖把一只手放在她的胳膊上问："杰茜，怎么了，到我这边来，出什么问题了？"

"我以为我们可以选择。"她低声回答。

"你们的确可以选择。"朱利奥确定地说。

此时口香糖正低声向杰茜抱怨，她压低脑袋，以免被发现："看着吧，他们把我们全都带进山洞，说不定又是做那个白痴的游戏。"

"队长，我也去。我想和你们待在一起。"

卢齐奥对她伸出一只手，仿佛是要邀请她跳舞："她肯定会去。杰茜是对灯塔最感兴趣的女孩之一，我昨天在灯塔里已经见识过了。对吗，杰茜？"

她微笑着连连点头。

"那么，你们都同意了？"朱利奥问。

人群中爆发出更加坚定的"是"。

卢齐奥重新掌控住局面："非常好。你们有什么期待呢？去海盗岩洞？还是去海上？"

这时，瓦尔特抓住"岩洞"这个词："你之前用的是另一个词语，你说的是'山洞'。"

"很好，你听得很认真。"卢齐奥脸上闪过短暂的笑容，"我会带你们参观一个岩石山洞的入口，你们要非常谨慎，挨着我走，跟着我的脚步，因为山路比较陡峭，而且很滑。"

大家又重新焕发生机，阿曼德问："一个荒弃的山洞？"

卢齐奥点点头。

玛丽安娜走过来，面带怒气，看起来有些急躁，她之前一直都没这样过。即使是头天夜里，为了说服女孩们休息，她也尽量让自己不失去耐心，尽量用平静而温和的语气跟她们说话。而此时她却生硬地说："在这边海岸下面，原来有个地下石灰石山洞。今天我们看到的都是大海、松林和灯塔，但直到二十年前，这里一直有个为上百人提供工作的山洞。"

"没错。"卢齐奥说。

此时，弗兰看起来已经平静下来，罗贝塔牵着她的手走近人群。

"没事了吧？"卢齐奥问。

女孩点点头。

"你确定自己……"罗贝塔用慈母般的口吻问。但卢齐奥打断了她："好了，既然人齐了，那我们就出发吧。"他走在前面，少年们和队长跟在后面，几位队长默默地不断交换眼神，像三只为团队的领导权达成协议的看家犬。

玛莉卡走到玛丽安娜身边，哀怨地问："队长，这在计划之内吗？"

玛丽安娜厌烦地回答："不在。"

12. 玛莉卡

这个夏令营是我升级考试的奖励，因为我每一科都得了满分，我也因此成了学校的尖子生。

爸爸一开始不允许我参加这个男女混合的夏令营。他想参观一下夏令营的地点和建筑，尤其想看看我们要睡觉的房间。组织者给他发来照片和建筑的平面图，跟他谈论了很长时间。但直到出发前的最后一刻，他还是不怎么放心。这是我第一次只身一人（我是指没有家人陪伴）离开家这么多天。初中的时候，爸爸只允许我参加一日游，两天或三天的旅行我从来没去过。

如果现在爸爸知道这里的气候，知道这里发生了什么，该会多担心啊！我来之前，他就特别担心，两个女队长让他放心，可到最后，连她们也被他的忧虑感染了，但我很确定，他真没必要这么担忧。我从玛丽安娜的表情就知道，他不会同意我们要做的事情，也不会同意我们去这么危险的地方，进行这种计划之外的郊游。

这个为期三周的海边假期是由专家制定的，他们会带领我们去一个美丽的地方，在大自然中举行几场郊游。至于参加这项活动的孩子，有一大半都比我年龄要小。爸爸要求查看夏令营之前的活动报告，甚至还要查看带队者的简历，他很满意里面有两个队长是女性。另外，他还提出要每天给他发一封邮件。最后他们达成协议，每两天由我给他写一封邮件，外加一份罗贝塔写的报告。不过话说回来，这是我的升级礼物，爸爸怎么能拒绝呢？

第一封邮件我已经写好发出去了，我在信中介绍了这个地方，还有我的室友——娜塔莎和黛恩德蕾。我跟他说，她们年龄和我一般大（虽然实际上黛恩德蕾要更大些），我很快就和她们成了好朋友。当然，如果爸爸知道黛恩德蕾第一天就感觉不舒服，而且郊游时娜娜……算了，如果我跟爸爸说了娜娜告诉我的事，他一定会叮嘱我离她远一点的。说来也奇怪，她觉得自己应该马上告诉我，她喜欢过一个比她大很多的成年男人。他是一名医生，还会帮她写作业。但这是真的吗？因为许多人都喜欢语出惊人，而且她又是那种喜欢所有人都把目光放在自己身上的女孩，这和我恰恰相反，我很害羞，而且我最不想做的事就是引人注目。

我不太容易对人产生信任感，如果问为什么我和娜娜能迅速成为朋友，我得说是她主动的，在大巴上她让我坐在她旁边，然后开始聊天，她让我觉得很自在，也会逗我笑。她很可爱地对我说："我们两个认识。"然后露出微笑。我们见过面，因为我们在同一所学校上学，但在学校里我们从未打过招呼。在学校就是这样，彼此打过许多次照面，但就是视而不见。一旦出了校门，一切都变了。你会觉得大家属于同一个地方，共享着什么东西。所以当时我非常开心，因为你能在一群第一次见面的人里发现一张熟悉的面孔。

我想她也是这种感觉，因为大巴到终点的时候，我感觉我们俩就像一对老朋友。她还答应帮我克服我的害怯，几乎病态的害怯！然而我不知道自己是否想变得过于傲慢。当然，我很乐意像她一样大大方方，面对大人一点都不害怕，即使是队长，她也会直视他们，开他们玩笑，捉弄他们，这些我永远都做不到。我正在努力学习像她一样，平等地跟朱利奥和卢齐奥说话。她看起来像二十岁，但她和我一样，只有十四岁！真是难以置信。她非常漂亮，男孩们都喜欢她，包括那几个假装看都不看她一眼的男孩，比如阿曼德和塞尔乔。

除了这个，娜塔莎还有不为人知的一点——她非常敏感。她看起来很外向，可那是为了保护自己，否则她会失去所有人的尊重，我很确定。比如她跟我提过的比她年长的男人，我很确定他一定对她缺少尊重，伤害了她，不然她为什么在到这里的第一晚，这么快就跟我讲他的事情？她就像在向我坦白罪过，讲述可耻的污点。她很善良，也很慷慨，她借给我一件礼服，还送给我一件非常漂亮的裙子……我从来没穿过这么漂亮的裙子！

为什么大家觉得她很坏呢？我觉得都是他的错，是那个更年长的家伙利用了娜娜的性格。而且他还是医生！我把自己的想法告诉了娜塔莎，她大笑起来，反驳说，他是"年轻的医生，一个大帅哥"。"帅哥"这个词语大家都说，可是我不知道怎么用，可能我心里有太多"障碍"了。在我家，有些词语是禁止说的，最终导致，即使一个人待着或和女友们在一起时，我也没办法自在地说出这些词语。我觉得只要说出来，哪怕是想一下，警报就会拉响。

娜塔莎讲述的生活经历让我大开眼界。我开始仔细观察自己身边的一切。不像在学校或课堂上，我抵触大部分同学，因为我被当作学霸，总是被人用怀疑或满意的眼光看待。就连和我的两个女友，我们也只是谈论学校、老师和作业。不像和娜娜，她很快就对我敞开心扉，而且在某种意义上，她还保护了我，因为我真的是置身于一群疯子当中。塞缪尔就是个流氓，只会找碴儿，刚才可能还跟马克西姆打了一架。他俩让所有人都很焦虑，我能想象这对于其他男孩来说得多煎熬，尤其是对于瓦尔特，他看起来是个好学生，会提一些睿智的问题，其实如果不是我的羞怯羁绊着我，这些问题我也会提。

至于其他女孩，我只能说，真的很幸运有娜娜在。我和其他女孩几乎不可能谈得来，黛恩德蕾很令人讨厌，她只关心自己的事情，我相信她是被迫来这里的，因为她什么都不喜欢，既不喜欢这儿的饭菜，也不喜欢这个地方。但这里的环境真的非常优美，这足以抵消我出发时的焦虑。我从没见过如此美丽的大海，也没见过这种金白色的沙滩。

我从没到海边度过假。七岁之前我一直住在山村里，可搬到城市之后，我再也没去过景色宜人的地方了。夏天我们一家会待在城里，我总是会去夏季中心，最多也就是待在游泳池里。有时爸妈会带我们乘海岸边的火车，但那里的海岸跟这里的不一样。我们去过一座城市，就位于一大片平坦的灰色水域前，那儿热得让人窒息。我们在污浊得望不到底的水里游泳，但我还是很喜欢。

我们到达这里时，一个个都目瞪口呆，这里的海像广告中那样蓝，岸边的水像玻璃般透明，我甚至能看见自己泡在水里的双脚。望着这片大海，听着它的海浪声，你永远都不会感到厌倦。大海的声音气势如虹，弥漫在空气中，晚上听起来像巨大的呼吸声。

余生我都可以在这里度过，住在灯塔里！这里真的太美了，在我和娜塔莎一起住的房间里，我从小窗户探出头去，泪水盈满了我的眼眶。

"你怎么了？你在哭？"娜塔莎笑着问。

"才不是，是风！"

她也把头探出窗外，她的眼中也涌出泪水，谁知道她是因为风，还是和我一样，是因为感动。

海岸线美极了，昨天的旅行我也非常喜欢，玛丽安娜给我们介绍了一些植物，还有灌木丛中动物的足迹。我真真切切地看到了我在书上学到的那些东西，我感觉自己进入了活的现实、真正的世界，总之，和我想象的不一样。我以前还想过，这样的世界根本就不存在。大海的确是湛蓝色的，沙滩柔软极了，海浪的声音带着节拍，空气清新的味道令人陶醉，让我毫无缘由地大笑。娜娜也有这样的感受，我们经常开怀大笑！如果要问我们为什么，我们也不知道该如何解释。

除了黛恩德蕾，其他女孩也认为这里很奇怪，她们都不感兴趣。真是身在福中不知福。比如那个叫弗兰的女孩，她就有很大问题。我还想过，她为什么要参加这个夏令营活动。她封闭在自己的世界里，一直待在罗贝塔身旁，好像这是她的帮扶老师[1]。然而我知道，三位队长在这里是为了组织活动，而不是为了照顾某个人。他们非常优秀，点子多，总是尝试用各种方法把所有人凝聚在一起。而且他们都很开明。比如，去山洞参观并不在计划之中，因为他们知道这件事时表情很诧异，但他们很快就能调整计划，把参观山洞列入其中。他们也努力让那些总是沉默寡言的人变得更加热情。

我觉得这个群体里一定还有和我一样热爱大自然、热爱学习的男孩和女孩。比如瓦尔特、塞尔乔、琳和杰茜，不过对于他们，我还需要进一步了解。他们四个没有明显的问题，但是不怎么活跃，不过在山洞里时，他们好奇心很强，向卢齐奥提问题。我什么问题都没提，但我一进去就立刻想到，如果要在灯塔里生活，我会非常乐意。和卢齐奥家一样，我们家也是五口人：我父母、我和两个哥哥。

---

[1] 在意大利，如果班级里有残疾学生，会配有专门的老师帮助残疾学生融入班级。但帮扶老师不仅仅是残疾学生一个人的老师，也是整个班级的老师。

卢齐奥告诉我们，对于他来说，那是一段很快乐的时光，他们一家人很幸运可以远离喧嚣，在这里生活多年。我非常理解。我们全家人也是如此，家族的烦扰离我们非常遥远，因为我们早已走散在世界各地。每次我问爸爸妈妈，他们的家乡是什么样的，他们总是不想回答。

妈妈一般会把脸拧成一张揉皱的纸，说他们的家乡已经不复存在了。我试着在网上找过相关的图片，但没能找到，好像他们的家乡真的已经被原子弹炸毁了。

爸爸总说，他们是从战火里逃出来的，但事情已经过去很久了，这是我和两个哥哥还没出生前就早已发生的事。我们没有祖父母，也没有叔伯，我们是没有家族的家庭，我们也没有社区。妈妈有时会自言自语地说，对于我们库尔德人来说，以前的生活总是很艰辛。

13. 山洞之中

卢齐奥敏捷地沿着斜坡往下走，少年们跟在后面，三位队长跟在他们身旁，以防有人掉队。卢齐奥在大海前的一块阶地上停下来，确保所有人都下来聚在一起后，他开口说："我们到了。"

"山洞在哪里？"好几个人一齐问。

"在这儿。"他回答。

塞缪尔大嚷："'这儿'是哪里？"

卢齐奥抬起一只手："你们看我手指的方向。"

所有人的目光都往上看，然后看到了峭壁上的入口。入口看起来像一扇巨大的窗户。

在大家的惊叹声中，有人问："我们怎么才能到达那里？飞过去？"

卢齐奥认出了这个声音："不，马克西姆，峭壁上有凿好的楼梯，就在灌木丛后面。你们直接跟在我身后，一个一个往上爬就可以了。"

"最好系上安全绳索。"朱利奥建议。

"随你们。我以前经常和我的孩子上去,没什么问题。"

"孩子们,系上安全带。你们把绳索拴在腰上,像这样。"玛丽安娜语气不容置疑,同时从背包里取出绳索。

"要什么绳索?洞口离这儿很近啊,队长!"塞缪尔抗议道,"这就像爬树一样啊!"

"如果你们摔下去,会粉身碎骨的。"玛丽安娜严肃地回答,开始往孩子们腰上系绳索。

"真酷!"马克西姆的热情燃了起来。

虽然只需爬一小段距离,但一想到要攀登高山,少年们仍激动不已。可不一会儿他们就发现,虽然只爬了几米,他们就到了很高的地方,而且此时峭壁倾斜突出到了大海上方,果然玛丽安娜的话是有道理的。到达山洞的入口时,大家都觉得完成了一件大事。

"天哪,太可怕了!"塞缪尔问,"你们往下看了吗,太吓人了!"

"如果不系绳索的话,会更可怕。"马克西姆语气里带着挑衅的意味。

娜塔莎反驳他:"如果不系绳索,我是不会上来的,太可怕了!"

"那卢齐奥和他的孩子怎么没系绳索就能上来?"玛莉卡小声问。

娜塔莎一脸狡黠地低声问:"那是真的吗?可能是他背着他们上去的,你看见他的肩膀多强健了吗?"

"他们很好,都安然无恙地到达了目的地。"男人带着嘲弄的微笑说,"你们看见的那个不是入口,而是出口。"

"我就说嘛,这么高,有点奇怪。"瓦尔特眼镜有点滑到了鼻子上,他往上推了推眼镜。

"实际上,入口的位置更低,在地面上。石板会从那儿运出来送到船上。"

"港口在哪里？"又是瓦尔特在发言，他一脸困惑。

"这里有一个靠岸处，并不是真正的港口。这个天然的小海湾可以抵御潮汐，船只就停泊在这下面。你们看见那些被打进海里的木桩了吗？"

"我刚才没注意。"玛伍坦白说，他向深海的方向凝望着，此时他身后有人问："什么木桩？"

"你们身体别往外探太多！"玛丽安娜命令他们，她的形象已经从温柔甜美的女孩变成了一条杜宾犬，比罗贝塔还严厉。此刻罗贝塔看起来十分担忧，她紧挨着弗兰和黛恩德蕾这两个最脆弱的女孩，尽管爬到入口对于她俩谁都没有问题。

"现在我们进去，我来照路。你们要排好队，彼此挨得近一点。"卢齐奥说。

"得了，我们还必须挨在一起？"塞缪尔不悦地抗议，"可如果这样，一个人摔倒，所有人都会倒下去。"

"如果一个人摔倒，其他人会拉住他。"朱利奥纠正他，在这之前他一直都保持沉默，他的表现也比较反常。"只要小心点，就不会有人摔倒。"他最后说了一句，不过语气里更多是期待，而不是确信。

卢齐奥从一边肩膀上背着的小背包里掏出手电筒，把光照向洞里，一个酷似白色房间的山洞赫然出现在眼前，房间里有带着刮痕的矩形墙壁和光滑的天花板，通道里堆积着石板。

"看到了吗？这些就是要运到船上的石板。"

"为什么这些石板还在这里？"杰茜问。

"因为工作终止的时候，还有许多材料没被运走。"

看到少年们一脸困惑和怀疑，卢齐奥继续讲："从十九世纪到二十世纪中叶，山洞里的劳作持续了一个多世纪，后来工作环境、成本和建筑材料都发生了变化。本来整个大区都是用这些石头来建房子的，之后出现了钢筋混凝土和其他建筑材料。"

卢齐奥一边讲，大家一边往山洞里走，说话声开始产生回音，"我们现在看到的是它最终的样子，整个都是空的。但最开始的时候，人们从高处开始切割石灰石板，然后一直往下，往下，一直到水恰好漫不进来的位置。这时他们就开始横向切割。"

"这些刮痕是什么？"瓦尔特问，为了更清楚地观察墙壁，他调整了一下自己的眼镜。

"是机器的刮痕，这些都是后来才有的。以前人们都是用镐和大锤来开凿，都是体力活儿。"

"不好意思，队长，这里有空气……污染吗？"黛恩德蕾嗅嗅鼻子。

"现在空气中仍然有许多石灰粉尘。如果你觉得不舒服的话，可以用一块帕子捂住口鼻。"罗贝塔急忙关切地回答。

房间封闭在隧道中，只有用强力手电筒照明才能看清楚。"你们想象一下，人们是如何待在这里面，每天开凿十个小时的？"卢齐奥鼓励他们去思考。

"也包括女人？"黛恩德蕾问，声音虽然因为软绸手帕的遮挡而变得闷闷的，但仍是自以为是的语气。

"不，只有男人。"卢齐奥回答。

"看吧，你们总是很幸运！"塞缪尔立刻大喊。

"并没有多幸运。"玛丽安娜说，"女人要饲养牲畜，种田，除此之外还要生孩子，照顾家庭。而且你们要知道，那时没有洗衣机和洗碗机。"

"他们很小就开始工作了……"卢齐奥和往常一样故意停顿了一下，"他们十二岁就已经是开凿工人了。"

"真是禽兽啊！"马克西姆大叫，"这样算的话，我要是生活在那时候，都当了两年开凿工人了！"

"我也是，我们都得是开凿工人了！天啊！"塞缪尔说。

"其实你们十二岁之前就得来山洞里了。"卢齐奥狡黠地说，"因为儿童都得去送水，因为他们体形小，很敏捷。他们往下爬到有水源的地方，把水取上来。就这样不断地给挖掘工人派水。"

"水源？在哪里？"少年们一齐问。

卢齐奥一动不动。"站住！都在那儿别动！"他命令道。

所有人都聚集在这条狭窄的通道上。卢齐奥把手电筒的光打在他前面，眼前又出现了一个位于下方的巨大洞厅，洞厅周遭的墙壁极其陡峭。大家这才发现，原来悬崖就近在咫尺。手电筒照亮了整个洞厅，可以看到下面有一口水井，里面闪耀着湛蓝的波光。"看到了吗？那就是淡水。"

"那些小孩儿就是到那儿取的水？"

"是的，没错。"

"可是……他们是怎么下去的？"

卢齐奥照向一处开凿在墙上的楼梯，楼梯一直通到下面，十分陡峭。"从这里下去，不系绳索。"

"天啊！"口香糖大喊，女孩们被吓了一跳，之后又大笑起来。

塞缪尔和马克西姆躁动不已，他们抓起一把小石灰块儿，朝下扔去。

"你们在做什么？"罗贝塔吓坏了，"你们马上住手，这可不是闹着玩的！"罗贝塔阻止他们。他们两个笑了笑，没有说话。

"多亏了这把手电筒，你们才能看得这么清楚，它的光线非常强。"卢齐奥关掉了手电筒，周围的一切都陷入无尽的黑暗之中。少年们十分镇定，不一会儿，卢齐奥重新打开了手电筒。

"可是这里还有灯啊。"瓦尔特说。

"没错，以前他们的灯用的是乙炔，后来改用电，不过都比较昏暗。"

"我觉得，我们最好回到入口那里去。"朱利奥建议。

卢齐奥在山洞里活动自如、动作敏捷，似乎对这里了如指掌。他在岩石上跳了几步超过人群，照亮通往出口的通道。

"不好意思，队长，这些是什么？"玛莉卡指着一些刻在墙上的图案问道。

"是图案，在这儿工作的人刻的。"

"他们有时间可以浪费吗？"马克西姆讽刺道。

"在他们等待船靠岸的时候，或者在两次出货的间隙，谁知道呢！"卢齐奥回答。

玛丽安娜准备满足他们的好奇心，接着卢齐奥的话说："你们看，有人画的是符号，有人写的是名字的首字母，想让人记住自己。"

"这是什么东西？"杰茜食指指着一个图案问，图案刻在快到洞口的位置。

玛丽安娜注视着图案，说："好像是条美人鱼。"

卢齐奥点点头，接着说道："是一条双尾美人鱼，她叫梅鲁希娜。"

男孩们开始心不在焉。

"这不是布列塔尼①的象征吗？我好像在布列塔尼见过……"罗贝塔说。

卢齐奥打断她："有可能。这是一个神话传说，我女儿非常喜欢，这个图案就是她画的。"

---

① 法国西北部地区的半岛。

男孩们重新充满好奇，走近图案，纷纷提出疑问："这是谁画的？谁的女儿？这是什么？为什么有两条尾巴？"

"双尾美人鱼梅鲁希娜，我女儿维塔①在一本书里看到的这个传说，她对这个传说非常痴迷。后来我们到山洞来的时候，她决定把美人鱼刻在墙上，她说，这样这个山洞就可以叫作梅鲁希娜山洞了。"卢齐奥语气里充满了温柔。

"维塔？"塞缪尔加重语气，无礼地问，"这是她的名字？"

"当然了。"卢齐奥回答得很干脆。

男孩对其他人使了使眼色，强忍着不笑出来。而口香糖弯着腰，不想被卢齐奥看见，小声嘟囔："天呀，你说得对，塞缪尔，我也以为他说，他女儿生活在一本书里……"

此时，罗贝塔觉得有必要向他们解释一下："我记得双尾美人鱼象征女性的二元性，她们能够将大地和水结合在一起。"

卢齐奥没有回应，黛恩德蕾有些穷追不舍地问："它背后有什么故事？"

卢齐奥转向三位队长："你们知道这个故事吗？或许你们比我知道得更多。"

朱利奥举起双手表示投降："你可别指望我们，我是一点也不清楚。"玛丽安娜也摇摇头，罗贝塔说："我也是一知半解，我只知道它是个古老的象征。"

卢齐奥挠挠耳朵上方的头发，移了移头巾，大声说："那么，就该我给你们讲了，但是告诉你们，我可不擅长讲故事。"

少年们急得直跺脚："快点，故事讲的是什么？"

"讲的是中世纪一位骑士的故事，他在森林中狩猎时，在泉边

---

① 维塔（Vita）在意大利语中意为生活、生命。

遇到三位少女。其中最漂亮的少女叫梅鲁希娜，骑士就娶了她为妻，但是有一个条件……"卢齐奥像往常一样，讲到紧要关头便停了下来。

少年们聚精会神地听他讲："什么条件？"

卢齐奥继续说："就是每个星期六，他都不许到梅鲁希娜的房间去。骑士接受了这个条件，娶了最漂亮的少女。他们生儿育女，他们家就像被施了特殊的魔法，越来越富有。"男人停了下来。

"故事还没结束，对吗？"琳盯着他问。

"没错，还没结束。"卢齐奥叹着气回答。

"有一天，骑士违背了约定。因为他兄弟对他说，你妻子每个星期都要把自己关在房间一整天，行为很怪异。这让他对妻子生了疑心。于是，骑士在一个星期六进到房间里，发现妻子有一条鱼尾，成了一个可怕的怪物！梅鲁希娜气愤不已，潜入水中，永远地消失了。因为这个传说，人们便认定，只要梅鲁希娜一出现，就预示着灾祸将要降临。"

"也就是说，美人鱼会带来霉运？"口香糖追问道。

少年们哄堂大笑。

卢齐奥沉默不语。罗贝塔觉得有必要让笑得前俯后仰的人群恢复秩序："说实在的，我一直知道的是，美人鱼是一个美好的象征，象征团结。这是个古老的神话，中世纪时，人们总是在古老的神话中寻找可怕的形象，你们知道的，不是吗？就连黑猫也让人胆战心惊。"

"黑猫的确会带来霉运。"口香糖又说。

少年们又笑得乱作一团。黛恩德蕾摇摇头："你们真是一群笨蛋！"

娜塔莎反驳："等一下，明明就怪队长好不好，他们不管什么时候，不管谈论什么，都喜欢给我们讲悲伤的道理。"

马克西姆走到她旁边，对她说："你不喜欢关在浴室里的美人鱼的故事吗？"

她对着别处耸耸肩。

琳看了一眼墙上的图案，"这是一个小女孩刻的？"她追问。

"那时她也不小了，和你们差不多年纪。"卢齐奥说。

"什么叫差不多？"娜塔莎立刻问道。

"我记不清了，她那会儿在读初中，也可能是高中……可能十三岁？谁知道……她画画很棒，写作也很棒。"

"现在她在做什么？"

卢齐奥简短地说："旅行。"

这时，朱利奥重新得到队伍的控制权："我觉得最好往里走走，上山容易下山难，你们得特别小心脚下。"

琳瞟了双尾美人鱼最后一眼。她发现上面似乎有颜料的痕迹，可能这个小小的图案随时间而褪色了。她想，就算问卢齐奥，他也不会告诉自己。一定有什么故事与这条美人鱼有关，而卢齐奥不愿意说出来。

14. 深夜出逃

　　第二天凌晨三点，琳悄悄溜下床。她上铺的口香糖在床上睡得正沉，对面的杰茜和弗兰一动不动，沉浸在梦乡里。琳把运动衫套在背心外，穿上短裤，把鞋子拎在手里。敞开的小窗子外传来海浪的声音，但没有一点光亮。琳打开手机，直到头天晚上，手机才终于还到她手里。还不是打开手电筒的时候，因为可能会弄醒还没睡熟的女生。她只能靠手机屏幕的光亮，在黑暗里摸索。她悄无声息地走到门口，拉下门把手，"吱呀"一声，白天无人在意的声音，在寂静的夜晚却刺耳得像一声狗吠。琳停下脚步，听到背后有窸窣的翻身声。她打开门，将门从背后关上。不管是谁，都会以为我是要去卫生间，琳自言自语，没有在意是谁醒了。

　　此刻夜间活动仍在进行，关门声、走廊里的脚步声和低笑声还未平息。如果队长们还没睡熟，一定会发现的，头天晚上，琳隔壁房间传出的声音就惊动了他们。是娜塔莎、玛莉卡还是黛恩德蕾？不是黛恩德蕾，她戴着一副很大的学究式眼镜，总是一副轻蔑的模样，而玛莉卡是个害羞的女孩，所以肯定是娜塔莎。娜塔莎正偷偷溜去卫生间，后面紧跟着马克西姆，只有他的步伐才会如此沉重。再说，也只能是马克斯①，这个棕色皮肤的男孩，白天娜塔莎假装排斥他，可他仍旧不放过任何机会和她黏在一块儿。现在到了晚上，很明显，他们要去卫生间约会。马克斯太过急躁，当着所有人的面提到了关在卫生间的美人鱼……塞缪尔意识到了吗？他已经被隔离开了，和朱利奥队长一起睡，经过他试图和竞争对手算账这件事，他已经完全失去了自由。

　　三位可怜的队长，真是单纯，全心投入假期计划中，照顾这些"病人"，比如性格孤僻又沉默寡言的弗兰，或者不想吃饭的黛恩德蕾，再或者杰茜，她似乎很害怕这一群非常活跃的男孩。守塔人卢齐奥的加入令他们更加烦恼，参观山洞的主意并不在计划之内，队长对此感到忧虑而紧张。直到他伴随着摩托车的隆隆声，消失在狭窄小径的尽头时，他们三个才如释重负地松了一口气。

　　琳想搞明白一些事。她内心总有一个声音反复对她说：关你什么事？而另一个声音又促使她去搞清楚这一切。她睡不着觉，不断琢磨着美人鱼、颜料、山洞和作画的女孩，为什么？她现在还和爸爸在一起吗？不，不可能，哪怕卢齐奥给琳看照片，她也不会相信。她知道，那幅图案一定蕴含着某种意义。因为她也会绘制具有象征意义的图案，她还做过一件绝对不被允许的事，而爸爸妈妈却完全不知道。

　　也是像这样漆黑的夜晚，没有月亮，她离开家，用涂鸦喷雾绘制了一个特别的图案——一个带有三个箭头的半圆和一条盘着的蛇，画画的那面墙就在她美丽的校园对面。

　　她知道这十分冒险。学校栅栏旁边装有监控，因此，她选择了

---

① 马克西姆的昵称。

对面的墙，她趁着黑夜，动作十分麻利。绘制红色半圆时，她的心脏狂跳，盖到眼睛上方的头发在衣帽里汗水直流。她担心没办法完成自己的作品，如果有管理员经过呢？有人在车里呢？但她迅速而完美地完成了一切。第二天，学校对面白色的墙壁上，她画的图案像在为战争呐喊、嘶吼。或许是因为那条用非写实手法画的蛇让图案看起来像半张侧脸，所以她没有发现，那带着三个向外发射的箭头的图案，其实更像一张血盆大口在咆哮。

图案很快就被清理了，就在当天上午，一位勤快的门卫用黄色的油漆把它覆盖了。白色的墙壁上，那片黄色的痕迹就像一块补丁。但是所有人都知道，捂着黄色手帕的位置后面，有什么东西在嘶吼。所有人都看见了，他们议论纷纷，询问谁才是那位无畏的作者，是学校里的某个人吗？他想表达什么？琳觉得自己精明强干而又勇敢。她嘶吼的是，学校或世界上的任何人都无法将她驯服。

因此，不要跟她说，一个小女孩在大海对面，在一个荒弃的山洞里画了这样一条美人鱼，是出于乐趣，是出于对神话的喜爱！一定有什么目的，她敢发誓。她想要更清楚地了解这件事，她要到山洞去，走近图案，看看是否有颜料，看看颜料是否像自己画的图案一样被遮住了。如果维塔没有被驯服，那她也不会。

在手机微弱的灯光下，琳小心翼翼地走到大厅门口，轻轻地将把手转了三下，终于走了出来，她的手心汗津津的，心脏怦怦狂跳。庭院里，一阵强劲而清爽的风迎面袭来，属于夜晚的微光让她的心绪缓和下来。无须手电筒，她仅靠头顶的星辰洒下的点点光亮，便可看到庭院的矮墙和大门。大海发出节奏分明的声响，好似在对她低语，发出一声沉闷的——嘲讽："走啊！"推着她向大门走去。

"琳？"她背后的声音吓得她胆战心惊。

她从牙缝里挤出一声咒骂："滚开！"

"咋了，我也想出来。"

"不，你不想，如果你不想惹麻烦，就待在这里。"

"不，我要和你一起，不然我就真的要惹麻烦了。"

"口香糖，信不信我掐死你。"

"这是唯一阻止我的办法。"

"嘘！"

她们一起离开房子，琳目的明确地向大门口走去，口香糖像影子般跟在身后。

"怎么办？栅栏锁了。"

"安静。"琳命令她。她抓起大门旁边一棵小树的树枝，把脚蹬进墙上的裂缝，爬到墙头上，越过去跳到了外面。

门内只剩下口香糖一个人，她学着琳的样子，但找不到搁脚的缝隙，只能悬挂在树枝上。她重新跳回地面，压低声音喊："琳——我上不去——琳！"

大门的外面，琳刚一落地，就听见一个声音划过黑夜："啊，瞧瞧！"

她心跳加速，吓得毛发倒竖。一个高高的身影站在离她不远处。

"谁……？"琳吓得说话都含混不清。她站立不动，双膝微弯，抬起双手做出防御的姿势。

"你在干什么？这是要逃跑？"

听到是一个男孩的声音，琳紧张的心情这才松懈了些。一束光照过来，打在了她整张脸上，她眯起眼睛，伸出一只手放在额头上遮挡灯光。"把灯拿开！"她低声喊叫。

"原来你是女孩。"男孩把灯光移下去，用嘲讽的口吻问："你去哪里？去参加'三点派对'？"

"琳——发生了什么事，琳？"口香糖在门内听到了动静。

"你撇下了自己的朋友？"他愉快地问。

"口香糖，别慌，我在这里。"她对着大门说。然后又转向新来者，说："就这个情况，如果队长们不责备我们，可真是奇迹！"

"可我都打了两个小时电话，根本没一个人接！"他厌烦地反驳。

"队长都把手机调静音了，而且我觉得，晚上的时候朱利奥把手机忘在了会议室，因为他那时候很心烦。"琳说。她心里很焦灼，这里这么乱，三位队长不可能一个都没醒。

门外口香糖又问："发生了什么？你会来帮我吗？"

"这有个人。"琳告诉她。

"什么人？你在说什么呢？"

"嗨，美女！我也是这里的客人。"男孩不假思索地解释，声音压得更低了。

"客人？什么意思？"琳问道。她试图出逃的计划已经遭到了破坏，她只能等待那一刻到来——庭院里所有的灯都亮起来，大门在怒不可遏的队长面前打开。都是这个凭空出现的男孩的错！

"我也是夏令营的成员，我知道，我三天前就该到这里的，但我有事情耽搁了。所以昨天晚上我乘火车到的，只可惜从汽车站到这里已经没有大巴车了。我休息了一下，就走路过来了，懂了吗？"

"真不敢相信！"

"随你怎么想。反正我走了将近两个小时，所以现在我真的挺想进去的。要不我翻墙？行得通吗？"

"行得通，那……然后呢？你打算去哪里？"

"不好意思，关你什么事？"黑暗中，他模糊的笑容带着嘲讽，再加上他说话的语气，很明显，他又在捉弄琳。"如果我没搞错，你正要逃跑对吧？"

"我根本没逃……"

突然，有人打开了户外灯，两个少年先是望向那束强光，转而又互相盯着对方。琳大吃一惊，男孩面容英俊，苍白而清瘦，双唇丰满，一双澄澈明亮的大眼睛正饶有兴趣地审视着自己。男孩对她使眼色："如果你现在不逃，就再也逃不掉了。他们好像已经抓到我们了。"

口香糖像老鹰般尖叫："琳，不是我！我发誓，我什么都没做！"

"口香糖，我知道，是他的错！"琳大喊，指着男孩，男孩耸耸肩，说："永远都是我的错，我都习惯了。"

三位队长赶来，头发蓬乱，一脸错愕，几个少年也迅速跳下床铺，赶来围观这件新鲜事。庭院里灯火通明，一片嘈杂。大门大敞着，朱利奥来到门口，迷惑不解："发生了什么事？"

男孩做立正姿势，滑稽地模仿军人的打招呼方式："先生，士兵都德前来报到。"然后立刻编造了一个令人信服的谎言，"这两个女孩是来找我的，她们试遍了所有方法，还是没能让我进去，她们没有钥匙。"

朱利奥思绪混乱，不知所措地盯着三个少年，他点点头，抱怨说："这件事我们一会儿再细讲，现在你们都进来。我的天啊，现在都几点了？"他说话的语气，就好像他突然穿越到了其他世界，心烦意乱地自言自语，问自己是如何降临到这里的。

第二周

1. 都德

只需瞟一眼，我便知道，我来到了一群怪人当中。他们年纪还小，但都很疯狂。除了我，没有一个让人省心的。我可是没什么好说的，但人们却觉得我有点像疯子，至少在妈妈和她的男朋友看来是这样的。要不是因为这，他们也不会把我弄到这个地方来，让我获得"自我意识"。去意识什么呢？啊，没错，意识到我是疯子？我才不会说出来，我已经十五岁了，却连自己的生活和假期都无权决定。

没错，我考试不及格，这确实不光彩，可也不至于把我送到这"劳教所"来吧，这里可全是些精神错乱的小朋友。不过，这当中有个女孩竟然是以满分升学的，可怜虫，来这儿算是什么升学奖励呀！男生中有一个书呆子、一个麻烦精、一个移民（也可能是移民的孩子）、一个游戏狂、一个害羞鬼，还有个总想当老大。不过这些家伙还算比较正常，那些女孩更糟糕，有两三个女孩得再参加一些能帮她们融入人群的社会活动，还有一个得了紧张症，说不定医生已经给她做过电击治疗了。

我是这群孩子中年龄最大的，所以他们把我打发到了队长的小房间。那个麻烦精也被调到了这里，因为他和另外一个男人味十足的帅小伙打架，队长只得把他和整个团队隔开。他们已经开始动手了，真是群小混混！于是，我开始制造混乱，让每个人都调一下床位：你睡这儿，他去那儿，还有个人要睡在走廊的双层床上，防止有人晚上逃走。真要命！那些女孩比男孩更难管束，比如，有个女孩想深夜出逃，恰巧让我抓个正着。真是疯了！这次，就让我做回恶人，来当管理秩序的守卫吧。真希望老妈能来看看，她一定会为我感到骄傲的！

其实这里还是有点意思的，不过这帮孩子都很小，这是不争的事实。但至少这鬼地方挺安静的，不像去年圣诞节，老妈为了让我认识自己生活的世界，把我送去做农活儿，那才是煎熬。我太了解我生活在什么样的世界里了，也许稀里糊涂地活在自己世界的人其实是她，她嘴上说自己善解人意、思想开明，但实际上却冷酷无情，满是偏见。

看到布兰切特在电影《灰姑娘》中扮演的继母时，我觉得我高贵的老妈和她一样，简直一模一样！电影糟糕透了，就是真人演员把童话重新演绎了一遍，我是和两个女生朋友一起在电视上看的，看到结局，她们竟然哭了起来，真是无聊透顶！

电视关掉后，我说："女孩们，真正的灰姑娘就在这里，那就是我！"

她们问："为什么？"

"因为我是头婚子，不是吗？"

她们转了转眼睛："头婚？都德，你说什么玩意儿？"

"大家都这么说，你们不觉得这种说法很可爱吗？"

她们回答："不可爱，一点儿也不可爱。"

好吧，她们中有一个是"三婚子"，应该这么叫吧，但我没听人说过。她爸爸结过三次婚，生了三个女儿——每任妻子都生了一个。到现在为止，我生父只有我一个孩子。

我的"布兰切特"老妈决定模仿我的妹妹香奈儿，想变得和她一样一头金发，漂漂亮亮。要不是妹妹是个可爱纯真的宝贝，我肯定会记恨她。"布兰切特"老妈还觉得，她要保护好香奈儿，免得她沾染上我身上的恶习，比如"脏话"、"不修边幅"、脖子上"恐怖"的文身、"糟糕透顶"的学习成绩以及带有"煽动性"的行为，总之还有许多骇人听闻的缺点。但最后，反倒是这些缺点使我变成了正常人，而我的父母却变成了两个奇怪的家伙，他们就好像是从那部电影里走出来的一样，那电影叫什么来着？讲的是个人活在温室里，看似过得愉快而多姿多彩，实际上他的一言一行都被摄像头监视着，不过是过着一种与现实脱节的虚假生活罢了。

要聊聊文身的事儿吗？那我们就聊一聊。我想文身，但没人同意，我大闹一场后自己去搞了文身，仅此而已。脖子是我的，肩膀也是我的，不知道老妈有没有注意到，现在无论老的少的，几乎人人都有文身，这并不是一种挑衅，也不是反抗她或者背离社会的符号，仅仅是个人喜好而已。老妈的男朋友教导了我一番（她本人倒是什么也没说），他是不是觉得自己有义务替老妈说出她的心声呢？

"要是你长大后又不想要文身了，到时候怎么办？"

真是深谋远虑呀！我看只有智者才能想到这一点吧！我回答他了吗？当然没有。

很多事情都在发生变化，等我老了，每个人都会有文身，所以，这会变得再正常不过，没有人会在意。这些我都要和他一一解释吗？智者先生，既然您问我了，我们倒是可以谈谈。我有点怀疑，我们用的到底是不是同一种语言，因为我只是冒出了一句"该死"，这两个人就气得跳了起来。如果我说一句"靠"，他们肯定会毫不留情地向我投来凶狠的目光，而香奈儿一定会捧腹大笑。唉！

我问："是什么让你们不安了？是因为这些字眼本身，还是因为香香①的笑？"

他们回答我："你就别找事了，你自己心里清楚。"这也算回答？我也会把问题甩给别人。

要聊聊他们俩有多庸俗吗？那我们就聊一聊。老妈和我的继父嗜财如命，除了钱，他们什么也不谈。他们讨论这个人挣了多少钱，那个人又挣了多少钱，计算着所有人口袋里的钞票。他们还谈论这个花费多少钱，那个花费多少钱，自然也谈论我花费多少钱。如果我不努力学习，不长大，不成熟，不变得和他们一样张口闭口不离钱，或者还继续给他们丢脸，他们还会谈论我去的那所私立学校花了多少钱，可那是他们硬把我塞进去的。这种思考方式难道不令人作呕吗？反正我觉得恶心。

丢脸？我在谁面前丢脸了？在他们那群讨人厌的朋友面前？家里举办晚宴，他们来就席的朋友像是《纸牌屋》里的人物，大家齐聚一堂，其乐融融。可要真是这样就好了！这些人都灰头土脸、毫无生气，比电视里的人丑多了。所以，即便这是我家，我也总是溜之大吉。

我打开门，准备逃到别人家里，或者逃到酒吧去，这时，有个人和我寒暄："都德，你都长这么大啦？学校里怎么样呀？"

我说："不怎么样。"

老妈跑过来，冰冷的眼神恶狠狠的："阿尔贝里科，你就别费心问了。他对所有人都回答'不怎么样'，这个年纪的孩子都是这

---

① 香奈儿的昵称。

样！"只有老妈的朋友才会有这种狗屁名字，但愿他们也只是名字让人讨厌吧！

我丢人现眼了吗？看看你们吧，多可怜！你们滑稽地模仿着那些在曼哈顿取景的电影或电视剧中的生活。那些参与拍摄的人都是光鲜靓丽的，而这里呢，都是些倒霉蛋。所有人都坐在老妈的餐桌前，向她称赞菲律宾用人做的晚餐，而那个菲佣却在厨房里像奴隶一样工作。我偷偷溜出去、在街上闲逛、去酒吧寻求庇护、为了忘记这些破事儿而喝得酩酊大醉，这些就让你们厌恶了？

不，当然不是因为这个！老妈表现得善解人意，睫毛上还挂着少许泪水，然后告诉我，她根本不是因为这些而讨厌我，但我似乎一直都在拼尽全力让她气馁，我不热情，不好看，甚至也没什么风度，更甚，我不修边幅，有时身上还臭烘烘的。这就是老妈揣着她那颗破碎的心给我的完美回答。对此，我就应当感到很抱歉，后悔不已，开始讲究穿戴，头发染成金色，把手机贴在耳边，嘴里常常念叨着"宝贝"，这也太无聊了！

不过她自己也深感自责。对，这我知道，因为她总是对我说："我为什么要和你爸爸离婚呢？"

这又是什么理论！我又问了她一个问题，我当时笑着问："我十岁那年，在香奈儿的洗礼上，你为什么要逼我穿白色礼服？"

她盯着我，眼神像恶毒的继母："这和礼服有什么关系？"

要聊聊她对我的偏见吗？那我们就聊一聊。她和堂姐倾诉时，被我逮了个正着。她说："我觉得他只是像平时一样在挑事！他带着几个和他一样脏的女孩回来，他们把自己关在房间里，把音乐的音量调到最大。而且他很暴力，竟然动手打了同学……"

暴力这件事，我最好还是说道说道吧。我可不暴力，当然，我也不会言听计从、逆来顺受。我再也受不了了，老妈最好能擦亮眼睛，直面现实。听听我想要说什么，看看如果我不反抗，那些人会对我做什么，尤其是学校里那些长相俊俏的男生，他们和自己的老妈打招呼时，脸上总是绽放出灿烂的笑容，他们已经学会了表面一套，背地里一套，成了两面派。

而我呢，我并不是伪君子。我和人打了架，然后进了校长办公室。正如校长说的，尽管我"还小，也没有家庭问题"，但我的"问题太突出了"。这又是什么理论！我直接被送到了心理医生那儿。就像之前跟我说过的，他告诉我，离经叛道没什么大不了，可是暴力并不能解决问题，反而会让事态变得更糟，啰哩吧唆得没完没了。这样的训诫我早已烂熟于心了，我只听了一会儿，就悔恨地点头认罪了。不过心理医生有句话倒令人印象深刻，他说，那些太过死板的人也会让人害怕，他们简直就是机器人。

我确信自己不是机器人，以后也绝不会是。这就像有部系列恐怖电影，它利用人们的不同观点，根据不同的讲述者重组故事：所有人都有自己看待事物的方式，一个人是美还是丑，观察和判断他的人不同，答案也不尽相同。我并不容易被分类，不要把我放在一个小盒子里，然后说：这就是都德。这一点，心理医生也完全赞同。

最后，我们互相妥协了。我来参加这个既不辛苦，也没有惩罚的夏令营。得了吧！"我们商量一下"是为了让我和一些互不相识的少年一起体验自然生活，找到自我意识，当然还有许多其他借口。"我们商量一下"，他们用心理医生常用的措辞跟我说。

现在，只要没有人给我添乱，只要每个人都只想着自己的破事，我就过得挺滋润。只是有件事不能不提，他们没收了我的手机。该死！他们这种做法真讨厌，而且我也没料到，他们表面上跟我站在一边儿，竟然会做出这种事情。他们的主意真荒唐，让我们互不相识的人彼此影响，在一块儿勉强做些事情，可这和在幼儿园有什么区别？太无聊了！

有个队长提议我们一起跳舞，这时，我告诉自己，情况要朝好的方向发展了。她播放了一首希腊音乐，你没听错，就是希腊音乐！然后她向我们展示舞步，好让我们跟她一起跳讨厌的西尔塔基舞[①]。

"跳舞之前得喝一杯，这样才能忘了烦恼啊。"我提议，可是没有一个人附和。

只有那个叫口香糖的小女孩对我说："你省省吧，这儿连滴葡萄汁都没有。"

我们模仿这位年龄都能领社会养老金的队长，将手搭在同伴的肩上，围成圆圈转起来。说真的，想着自己内心深处的秘密，我以为自己会哭出来，可突然所有人都笑了起来，我也不例外。这充分证明，如果不考虑和谁一起的话，做傻事也挺开心的。

---

① 西尔塔基舞：一种希腊民间舞蹈。

2. 灯塔的声音

一天清晨，秋天蓦然降临。太阳隐去身影，天空灰蒙蒙一片，仿佛一切都失去了色彩。空气中弥漫着水气，浓浓的雾气将灯塔隐没其中，塔顶笼罩着一团低云。

"得把灯塔的照明灯打开……如果这里有的话。"娜塔莎提议，她算是人群里最开心的。

大家都坐在餐桌前吃早饭，身上穿着加绒卫衣和运动服，似乎在准备过冬。

少年们在小声讨论着什么，朱利奥凭借自己敏锐的嗅觉，立马就领悟到了他们的谈话内容："哎呀，这么大的雾，猜猜今天我们有什么安排？"

无人回应，想点燃大家的热情并不容易。玛丽安娜试着鼓舞大家："你们知道吗，在浓雾里，灯塔会发出声音。"

"什么声音？"瓦尔特的目光从早餐杯上抬起。

女队长一跃而起，连忙拿起平板电脑解释："是一种长长的哨声……等一下，我让你们听听。"

餐桌上有人在争执："你想问什么？""就不能让他清静会儿吗？""至少几位队长都很努力，他们在这儿就是为了这个。"少年们互相传递着盛着蜂蜜和果酱的瓶瓶罐罐，总是因为别人拿了太多面包，或者自己没有拿到面包而抗议。第一天来灯塔时，大家本来应该去参观蜜蜂养殖场，好好了解本地的美食特产，但许多人都不同意：参观农场是小屁孩才会做的事！

"娜娜，你还要蜂蜜吗？"马克西姆抓住塞缪尔手中的蜂蜜罐，想把它抢过来。

塞缪尔立马火冒三丈："你给我放手……"

"干什么呢？我才刚起身，你们就开始吵架了？"玛丽安娜十分恼怒，赶紧坐回了马克西姆和塞缪尔之间，他俩抓住机会就想把对方撕成碎片。

"真烦人！"都德喃喃说着，在空气中使劲挥挥手，仿佛在赶苍蝇似的。

塞缪尔转向都德，破口大骂："豌豆公主，你想说什么玩意儿？"

都德猛地站起身，连凳子都给绊倒了，坐在他旁边的几个女孩拉住他，大喊："你干吗呢？别搭理他！"

另一边，塞缪尔也站了起来，这时，几乎所有人都站了起来，只有黛恩德蕾还坐着，胳膊肘支在餐桌上。几位队长马上分散开，隔在少年当中，厨师也从厨房跑了过来，想搭把手。

"孩子们，有什么过不去的呢？天气坏一点儿就让你们不爽啦？"朱利奥责备他们，但仍十分有耐心。

"寒冷来得太突然了，我们也很烦。"罗贝塔挤出微笑继续说，"我们可以先坐下来吗？我们最好弄清楚状况，想想今天做点什么有趣的事，我们可是有不少想法……"

一声长长的口哨打破了紧张的气氛。

少年们有的吓了一跳，有的爆发出笑声，还有的问："发生了什么事？"

玛丽安娜举起平板电脑，向大家展示一段视频的画面。视频一看就是业余者拍摄的，但声音清晰洪亮。"这就是灯塔在雾天发出的声音。"她向大家解释，停顿了一会儿，然后继续说，"这是卢齐奥许多年前拍的影片，后来把影片转成了数字视频。"

"一部真正的影片？"玛伍好奇地问。

朱利奥大笑起来，"那个年代没有智能手机，卢齐奥是用磁带录像机拍摄的。"

"什么磁带？"瓦尔特问。

领队们愉快地交换了一下眼神。朱利奥说："很难解释，这是以前的设备，你俩还记得吗？"

玛丽安娜坦白："我也不知道怎么解释……以前我爷爷有一台，他扛着摄像机到处拍，但我也不知道最后那些片子哪去了。"

"我的那台老式摄像机可能还在，我记得好像在车库里……"罗贝塔回忆。

玛丽安娜露出一个狡黠的微笑："卢齐奥可真机智，竟然把影片都转换成数字视频了。在灯塔生活的这些年，卢齐奥拍了许多影片，他把那些碎片剪辑在一起，做成了生活纪录片，这部片子对他来说意义非凡。"

"我们可以把视频投射到银幕上，平板电脑有点小，有的孩子都看不到。"罗贝塔提议。

"什么银幕？"瓦尔特缠着正在交谈的几位队长，而这时，其他少年已经开始心不在焉了。

在这里待了一个多星期后，少年们才知道，原来这里有投影仪和巨幕。队长操作遥控器，幕布从墙上降了下来，屏幕前摆好凳子，玛丽安娜将平板电脑连到了投影仪上，此时，大厅俨然成了一座电影院。

"哎呀，就差播放这部业余电影了！"都德讥讽道。然而，影片开头的画面开始浮现时，他脸上的讥笑便消失了。视频中传出背景音："我叫卢齐奥，我是最后一个守塔人，你们现在观看的，就是我的故事。"

一阵掌声响起，其中还夹杂着几声口哨。"伟大的卢齐奥！"塞缪尔大喊，此时，银幕上闪过一个画面，画面中正是他们所处的地方，他这才安静下来。镜头下的画面色彩明丽，草木郁郁葱葱，一辆天蓝色的旧汽车像上了色的大贝壳躺在院子中央。

一个女人身穿印花长裙，满面春风，在视频里走来走去。"太漂亮了！"她对着摄像机大喊，"我好像在做梦一样！"她别过头看向一旁，任凭秀发贴着脸庞飞扬，然后她又转过头，看着摄像机："这就是我梦寐以求的，我们在真正的……无边无际的大自然里……面朝大海。"她说得断断续续，最后说道："这里有我想要的一切——爱与和平！"

屏幕上出现了一个侧影，是一个漂亮的女孩在欣赏风景。女孩鼻子上洒着几点小雀斑，及腰的长发披在肩上，在阳光的照耀下闪闪发光。她转向摄像机，轻轻地眨眨眼，立马有人吹了声口哨，接着又响起一声，自然也有人发出感叹："好漂亮的小姐姐！"然后一声"嘘——"制止了他们。

"维塔，你觉得这里怎么样？喜欢吗？"卢齐奥的声音从画面外传来。

女孩嫣然一笑，大声回答："喜欢！"

接着，镜头里出现一家人的侧影：维塔、一个小女孩、穿印花长裙的女人和卢齐奥。卢齐奥满脸大胡子，深色的头发披在肩头。

他们一家四口望着浩瀚的大海，这时，传来女孩的声音，她开始朗诵诗歌：

我望见

洁白的沙滩闪闪

发光

流动的沙石上

清澈的海水

弥漫

好似一张床单

庞大的躯体酣睡

其上

爸爸、妈妈、妹妹、蜷在

母亲腹中的小小一团

倾听

海的呼吸，缓慢而有节奏

海的呼吸，我们称之为风

镜头中出现一只大狗，它狂吠着，白色的毛发凌乱不堪。忽然，画面转成了黑夜，灯塔亮了起来。一道极长的、明亮的光束扫过漆黑的海面，仿佛一只巨大的萤火虫栖息在岩石上。极目远眺，黑暗中，一艘船沿着地平线疾行，在强光的照射下，时隐时现。

暴风雨来了，愤怒的海浪翻腾出泡沫，阴沉沉的天空下，灯塔闪烁着灯光；两个女孩穿着雨衣，天蓝色的汽车在雨水和泥泞中挣扎，载着她们去学校；寒气降临，屋顶悬挂着冰凌，壁炉装满柴火，灯塔的控制室里，新生儿躺在摇篮里，望海的玻璃窗外，满月高悬，仿佛是厚厚的天幕上钻了一个小孔；雾气飘然而下，画面寂寥而灰暗，一声哨音响起，如同长长的叹息，月光、色彩，一切美好都销声匿迹。

大厅里，少年们有的窃窃私语，有的不时换换座位，有的躺了下来，而有的早已溜了出去。

琳拿着手机，麻利地朝岬角方向赶。一开始她是跑着的，因为她没有太多时间。电影会持续多久呢？半小时？一小时？她总能找到离开的借口，比如去上厕所，或者身体不舒服。其他少年倒是真的一个个往厕所跑：一开始是都德，然后是娜塔莎，过了一会儿马克西姆也去了，但是他们后来都回去了。而琳却溜出了大门，沿着通往山洞的小路离开了。

岩壁上的洞口在薄雾中如同深穴，难以辨认。岩边的阶梯也似乎比记忆中陡峭。"我该不该爬上去呢？"琳心想。她可能会摔下去，然后孤零零一个人留在那里，但她把这些想法抛诸脑后，开始向上攀爬，脑海里想着卢齐奥的话："我以前经常和我的孩子上去。"真好笑，这句话是他说给那些男孩听的，而影片中出现的是两个女孩。看来，这两个女孩也没系绳索就爬上去了，她们不害怕，也没出什么事故。

琳在打湿的石梯上滑倒了好几次，她紧紧抓住树枝，擦伤了双手和一只手臂。她心跳加速，喘着粗气，然而又滑了一跤，从峭壁上一连摔下好几级台阶，惹得她破口大骂。终于到了山洞的入口，此时她气喘吁吁，汗水浸湿了衣服。悬崖下面，大海翻涌着惊涛骇浪。夜晚的洞口比记忆中更加昏暗狭窄，上一次来时，阳光明媚，似乎一切都那么简单有趣，而现在，琳却在瑟瑟发抖。这地方既荒凉又恐怖，万一这里藏着什么东西或者什么人……琳把这种想法从脑海中驱赶出去，打开手机的手电筒，灯光似乎驱散了她心中的忧虑。

琳把手电筒照向刻在石壁上的图案，双尾美人鱼优雅而美丽，上半身是一个女人的形象，下半身是弯曲成弧形的两条鱼尾。女人……应该说是女孩，女孩长发及腰，一双大眼睛，嘴唇画得很模糊，尾巴却比例匀称，鱼鳞片片分明。

图案四周有颜料的痕迹。琳从口袋里取出提前准备好的水果刀，轻轻地把墙壁上覆盖的灰泥一片片刮去，墙上露出一个红色的字母。琳欣喜若狂，她的猜测没错！她继续刮，"V"旁边又出现了一个"M"，只有两个首字母。"V"肯定是指维塔，那"M"呢？是她妹妹吗？她刚才离开大厅时，视频里还没有出现维塔妹妹的名字。琳怀疑，"M"是某个人名字的首字母。她用手机把这两个首字母拍下来，决定结束这场冒险。

大海在岩洞下咆哮，雾气似乎越发浓厚。她深知上山容易下山难，于是抓住灌木，紧贴岩壁前行。还剩最后三级阶梯时，她一跃而下，然后狂奔起来。灯塔发出哨音，似乎在为她指路，除了影影绰绰的树木，她几乎什么也看不见。这一次故地重游，仿佛一场梦中的旅行。

3. 夜晚

琳焦虑不安地溜出房间，打着寒战，身上浸满汗水，她感觉自己发烧了。她把自己关进卫生间，漱了漱口，呆呆地盯着镜子中的面容，仿佛无法认出这张脸。

琳刚才梦见自己变得面目全非。梦里，她的父母在一场爆炸中死去，她幸免于难，看到了他们烧焦的尸体。她尖叫着惊醒，但她只是在梦里惊叫而已，房间里，所有人都在酣睡，包括口香糖。于是她又躺下，尽力想赶走噩梦。然而，半梦半醒之间，噩梦再一次降临。梦里她有一张破碎的脸，在那座废弃的山洞里，有人突然出现在她面前，把她杀死了。

琳感觉自己从床上摔了下去，她在黑暗中睁开双眼，摸了摸脸，发现自己满脸泪水。床仿佛在燃烧，她一刻也待不下去了。在房间里，她快要窒息了，于是，她起身偷偷溜出去，想好好洗把脸，呼吸一下新鲜空气。

琳走出卫生间，可她不想回房间，不想躺回她的双层床上，她摸黑穿过走廊，一直走到了门边。她拧开门，走到了院子里，大口大口地呼吸着夜里的空气，这时，那场噩梦才烟消云散，可她仍然心有余悸。她正要再深呼吸一口，但吸到一半就停了下来。有人在她旁边。

"是我。"那个人轻声说。

"都德！"琳低声惊叫，她没忍住笑了起来，既是为了缓和紧张的气氛，也是因为惊讶，历史又重演了，"又是你！"

"什么又是我？你又想要逃跑了？"都德直截了当地问。

"没有，是因为……晚上出来，总是能遇到你。"琳有些语无伦次。

"我睡不着。"都德解释，"我睡眠特别少。"

"队长知道你不睡觉待在外面吗？"琳问他，可话刚说出口她就后悔了，谁会在乎队长他们呢！

都德耸了耸肩，平静地说："我觉得他们不知道。"他沉默了一会儿，又接着说，"在家时也是这样，我起床去厨房喝酒，有时候会出门，几小时后才回去，可根本没人发现。"

"你发誓。"琳说。

"发誓？为什么要发誓？"都德诧异地问。

"我只是说说……其实你也没必要发誓，我相信你。"

"我为什么要说瞎话呢？"

"我不知道。"琳笑着回答。没有谁能像都德一样，问一些讥讽性的问题，却让她感到开怀，"是啊，为什么呢？"

"我们别谈这事儿了，这得问老天爷。"都德说着，握住琳的手，指向一个她看不见的地方，可刚触碰到她，她就跳了起来，"别激动，我不会吃了你的，我也不会亲你。"

琳羞红了脸，还好这是晚上，还好内心的想法不会显示出来，否则都德就会看到了，"亲"这个字让她心潮澎湃。他温暖的手牵着她，是如此温柔，对比之下，"我也不会亲你"这句话就像一种冒犯，不断在她脑海里回荡。

"我才不会随随便便就扑到女孩身上。"都德察觉琳全身僵硬，连忙补充一句。

"我能猜到。"琳说。实际上，她什么也没猜到。他们在院子里，被都德牵着手，跟在他身后。

"这是我最喜欢的地方。"都德蹲在角落里说。他松开了琳的手，任凭她呆滞地待在自己身旁。琳忽然觉得自己像根木头一样笨拙，于是赶紧坐下来，希望自己能消失在黑暗的角落。她刚蜷成一团，都德就枕着手躺下了。

"今晚夜色真美！"都德感叹，"这景致必须得好好欣赏。"

琳抬起头，凝望着满天繁星。

"我们真的是从天上来的吗？"都德问，这个问题似乎也有些讽刺，琳耸耸肩，都德继续问，"你知道'愿望'这个词怎么来的吗？"

"不知道。"

"因为我们想念星星了。'望'的意思是'看着星星'，如果我们看不到星星，就会想念它们。"

"真的吗？"

"你知道吗？你真的太多疑了，总是不相信人。"

琳勉强回应了一个笑容。她怎么会生都德的气呢？当然不会！她反而想伸出手，抚摸一下不远处他的脸庞，虽然他说过"不会随随便便就扑到女孩身上"。琳还是更喜欢抱膝而坐，把下巴搁在膝盖上。

"你这么朝上看，不会觉得不舒服吗？"都德问。

"不会啊。"

"那就随你吧。"

这时，琳决定在都德身旁躺下。他说得没错，他们头顶的星空美不胜收，只有躺下来欣赏，才会有触手可及、翱翔其上的感觉。

"多美的景色！你说得没错。"琳凝望着天空，模仿都德说过的话。

"我不是想惹你生气，我说的话总是在理。"

"啊，是啊，你真谦虚。"琳打趣说。

"现在我又要说句让你生气的话了。我知道，那坚硬带刺的外表下，有一颗温柔的小心脏。"

"你在说我吗？"她惊讶地问。星空中有几条白色的条带，仿佛是裸露的伤口。

"不然呢，这里除了我们俩，还有别人吗？"

琳抬手指向天空，转移了话题："那些条带是什么？是飞机划过的痕迹吗？"

"别告诉我你不知道银河。"都德说。

琳沉默了。她突然想起一段回忆：爸爸在黑暗中为她指出银河，告诉她恒星的名字。天狼星、毕宿五，还有双子座的北河二、北河三，她的星座就是双子座。还有那些行星：像恒星的是金星、红色的是火星、带光环的是土星。而她，琳，是所有星辰中的公主，夜晚时分，她骑着一匹飞马，遨游于星际，对抗邪恶恐怖的九头蛇。她沿着地平线飞翔、骑行，触摸星座，那些星座便瞬间就获得了生命，变成令人敬畏的巨型动物，比如金牛、天蝎、白羊，不过，她还得依靠水瓶座的帮助，还有她的守护者，双子座。为了打败九头蛇妖怪，她需要一条特别的、有魔力的腰带，猎户座给予腰带无尽的力量……

都德打断了她的幻想，用那种惯常的讽刺语气问："今晚你又想逃跑吗？你已经尝试过两次了。"

"我没有逃跑。"

"啊，没有吗？那你翻到大门外干吗？还有今天早上，啊不，已经是昨天早上了，大家看电影的时候，你又躲到哪里去了？"

"我去山洞里了。"

"啊！"都德一个鲤鱼打挺，胳膊肘撑在地上，把头转向琳。他看着琳，眼睛像天上的星星一般闪闪发亮，"你去哪里了？"

"这里有座山洞，来这里的第二天，他们带我们参观过，卢齐奥也和我们一起去了。他告诉我们，他以前常和两个女儿去那儿。山洞里有一个双尾美人鱼的图案，是他的大女儿维塔刻的。"

"影片里没出现什么山洞，只是一段冗长的家庭纪录片。虽然结尾处倒有些别出心裁，不过处处都是老掉牙的'爱与和平'。"都德激动地说，一只手在空气中比画着。"什么山洞呢？"不一会儿，他又问了一次。

"离这儿有一小段距离，在岬角上头有座岩石山洞，那边其实是山洞的出口，船只都在那里靠岸。"

"然后呢？美人鱼是怎么回事？"都德追问。

琳简明扼要地回答："美人鱼是雕刻在石壁上的图案。"

"嗯，所以呢？"

"所以我想再看看它，因为图案周围好像有什么东西，我看到岩壁上隐隐藏着颜料的痕迹。"

"嗯，后来呢？"都德急切地追问。

"那天晚上我本想去那里的，但是被你逮了个正着，昨天晚上我又去了，今天早上才回来。"

"哎？"

"我把墙上的灰泥刮掉后，发现墙上有一个字母'V'。"

都德一下子没了兴趣："真是了不起的发现啊。'V'就是维塔，是名字的首字母。"

"还有另一个字母呢。"琳又说。

都德微微转向琳。"是'L'，代表卢齐奥？"他语气里带着挑衅。

"不，是'M'。"

"这会是谁？"

"我不知道。"

"维塔和死……死亡①！"都德大喊，他又来了兴致，侧身躺着，激动万分，又一次挥舞手指，好像正在空气中画画，"双尾美人鱼，不是吗？生命的反义词，应该就是死亡。"

琳闷闷不乐地嘟囔："你得了吧，这能有什么联系呀！"

"'M'也可能是姓氏。"都德简洁地说。看到琳对自己这么睿智的推理毫无反应，都德有些失落，又泄气了。

就在这时，一个人影走了过来。"你们在干吗呢？"那影子压低声音问道。

"靠！"都德咒骂一句，一个激灵坐了起来。

那人影惊慌失措地后退两步，喃喃地说："我是塞尔乔。"

"是游戏迷啊。"都德松了口气，又躺了下去。

"为什么叫他游戏迷？"琳问。她都已经站了起来，此时又安心地重新躺下了。

都德叹了口气，似乎有些愠怒："琳，你怎么什么也不知道。你在这儿待了十天了，却好像刚刚才从天上掉下来似的。"

"从星星上来的。"琳解释道。

---

① 意大利语中"死亡"一词是"morte"，首字母为"M"。

4. 塞尔乔

他们都说我不切实际。

过去我会整天玩电脑游戏，后来又换成了 Wii^① 游戏。

我喜欢玩游戏，它们很奇妙，就连在梦里我都会玩游戏。有人说，无论是在学校里，还是走在路上，有时我睁着眼也会做游戏梦。从小我就常常心不在焉，有一次，我找不到自行车在哪儿，因为我实在想不起来自己把它停在哪儿了。我不记得那时候我多大，我只知道是小时候的事。

时间这东西很复杂，我说不清什么时候发生了什么事。我只能说有这回事，至于什么时候发生的，是两年前，还是几个月前，我就不得而知了。我不像别人，能够准确记得所有事情，我甚至不知道 Wii 什么时候取代了电脑游戏。圣诞节那天，爸妈送了我这台游戏机，准确地说是爸爸送的，妈妈并不情愿，也不赞成给我买 Wii，这点我很确定。这台游戏机，我心心念念了好几年，这点我

---

① 任天堂公司推出的家用游戏主机。

也很确定，因为从小学起我就嚷着要买了。那时候，有些同学有游戏机，我嫉妒得咬牙切齿，可我爸妈却察觉不到，他们说游戏机太贵了。后来爸爸说，这东西挺有趣，也有用处，我们可以一起在家里玩，互相比试，或者玩点别的。不过买了之后，只有我一个人在玩，他们没有时间，而且他们更喜欢看电视。

Wii游戏机真是不可思议，在游戏里，你完全融入场景中，可以像在现实世界里一样行动。但是在现实世界，你体会不到游戏里那种神奇的感觉。你不能驾驶赛车，你也不是超级明星，你不能战斗，不能获得胜利，也不是英雄。在现实中，你什么也不是，根本不值一提，人们几乎看也不看你一眼，就把你撞开，仿佛你是透明人。

在学校里，这种事情经常发生，很多人会撞到我，好像看不见我似的。他们说这是因为我又瘦又小，而且总是独来独往。可在初中的学校里，我一个合得来的朋友也找不到。小时候我倒是有一个这样的朋友，他时不时会到我家来玩，可后来我们就再也没见过面了。事情总是这样，我们小的时候，一切都由父母做主，我父母有自己的事情要忙，他们不会把注意力放在我的朋友身上。他家的情况应该也是如此。说实话，我们从来没吵过架，也没发生什么特别的事情，但我们就是不再来往了，那段友谊也结束了。

他们说，我封闭在自己的世界里。在游戏里，你可以掌控一切，只有你自己才能决定自己的等级，你必须全神贯注，只要稍微学一下，就会明白哪些是陷阱，然后避开它们。你明白如何跨越那些障碍物，射击敌人。在游戏里，没有人告诉你应当做什么，一切都由你决定。现实世界里可不是这样，现实中，所有人都向你发号施令，告诉你应该做什么：你应该去上学，应该去学习，应该保持安静，应该更加稳重，但又不能一声不吭，你不应该走神，不应该心不在焉。你必须在恰当的时候扮演正确的角色，这可真难！

你不得不提防别的孩子，他们会偷偷地观察你，一不留神，他们就会取笑你。我总是落入他们的圈套，他们就像游戏里的敌人，会突然冒出来把你干掉。在游戏里，你总是武装戒备，可在现实世界里，你有时会不注意，有时会分心，这时他们就会逮住机会，狠狠捉弄你一番。也许是趁你在走廊上走着时绊你一脚，也许是夺走你的帕尼尼。这些捉弄人的把戏，没有一个大人会意识到，即使意识到了，他们也只是以为我们在开玩笑，以为我们在捣蛋，他们会说，我们还是孩子。

我学会了独善其身，默默忍受那些嘲笑、冒犯和捉弄，把一切都抛诸脑后，听之任之。反抗十分危险，你一旦反抗就会成为攻击对象，就会挨揍。我并没有强壮的身体和高大的身材，而是天生一副受气包的模样。

至于其他事情，我一点也不怕。有人害怕电视或电影里的战争场景，但我不怕；有人见不得血腥和死亡，一看恐怖电影就吓得睡不着觉，可我不会。我最喜欢的就是游戏里的僵尸鬼怪，尤其是僵尸，他们特别强大，特别疯狂。有些僵尸的脸被蠕虫啃噬过，露出颌骨的骨骼，缓慢而焦躁地匍匐前行，要把你生吞活剥。你行动时必须十分谨慎，他们可能会突然出现在一座废弃的房子里，或者花园里。你必须迅速出击，嘭，嘭，嘭！我很敏捷，很快就得到了回报。高分！我刷新了最高纪录。游戏里说，我是一名值得敬畏的勇士，几乎战无不胜。我英勇、强壮，面对痛苦、伤口、火焰、饥饿、困倦、黑暗和严寒，我有超乎寻常的耐受力。我有能力去那些被变异体、超自然生物和残忍的杀人怪物侵袭的地方探险。我从不后退，我可以穿越僵尸之城，在那儿连战几天几夜。我是唯一的幸存者，孤身一人对抗所有敌人。

大家都说玩游戏不好，说我在游戏机面前虚度了太多光阴，忽视了其他东西，说我不学习，也不听话。妈妈暴跳如雷，厉声责骂我，说我变成了一个傻瓜。傻瓜才不知道玩这些游戏呢，即使他们玩，也玩不好。我敢肯定，如果我在Wii里的一款足球游戏中挑战他们，他们都会输给我。他们又高又壮，给你取"跳蚤"和"鼻涕虫"这一类的外号，他们会对你说，你穿的鞋子真恶心。他们会问你是哪支球队的球迷，并以你的球队和他们支持的球队是对手为借口，暴打你一顿。他们还会说："你懂什么？"

我刚读初中时，情况就是这样。班上有个人高马大的蠢家伙，他觉得自己是班里的老大。但是在游戏厅里，我打败了他。那时候，我们年纪还小，去的是俱乐部里的游戏厅，里面只有一些简单的游戏机，没有Wii。不过后来，我也不再挑战那些蠢东西了，因为我遭到了报复。比如，他把白糖倒进我运动衫的领子里，真是太白痴了。当时我们年纪小，都害怕老师。我差点哭出来，但我忍耐着，心想，他只是个讨厌鬼，而我是一个身经百战的勇士，和僵尸的撕咬相比，这点委屈算什么。可最后，我还是哭了。

大家说，这才是现实，而在Wii的世界里，你什么也感觉不到，一切都是虚幻的，只有那该死的捉弄才是真实的。好吧，这话只有安德鲁说过，他是管理这座灯塔的合作社的员工。妈妈最终还是决定把我送来灯塔，让我在这儿待三个星期，好让我不要总沉溺于Wii游戏。她说沉迷游戏有害健康，现在爸爸也这么认为。可他之前还总说那只是游戏而已，还说，他小时候也喜欢玩电子游戏。

据说这里没有小混混，但实际上并不是。有两个人一直在较劲。我不害怕，但我也不想被比我强壮的家伙殴打。他们两个已经打过架了，我只能尽量让自己保持冷静。现在我和玛伍、瓦尔特待在房间里，玛伍在想自己的事情，瓦尔特在讲笑话，他的记忆力好得出奇。第一天我和那两个小混混睡在同一个房间，过得很糟糕，不过后来一切都柳暗花明了。

我在这儿过得还不错。比如说，这里伙食很好，有一个叫莫妮卡的厨师，她会做美味的面食。平时在家，我都是找到什么吃什么，从冰箱里拿一块帕尼尼，有时直接吃，有时会用微波炉加热一下。有时候在放学回家的路上，我会买一份土耳其烤肉，因为午饭我得自己解决。我一点怨言也没有，我觉得这样挺好，至少没有人催促我，问我在做什么，限制我玩 Wii 的时间。妈妈会给我发消息，问我有没有吃饭，让我写作业，说她回家要检查。但我知道，她根本不会检查，因为她没有时间，到家的时候她总是筋疲力尽，她会打开电视，然后去准备晚餐。

妈妈一进家门，发现我在游戏机前，就嚷着要把 Wii 从窗户扔出去。我说，我只玩了一会儿，但我心里清楚，我一直都在玩儿，连厕所都没去过。不信的话，你们也试试，看看能不能停下来！它太厉害，太好玩，太有趣了！游戏里的世界充满冒险，激动人心，也没有那么多条条框框，它会把你带到另外一个次元，就像瓦尔特说的，地球只是一颗小小的沙粒，地球之外还有另一片天地。Wii 是无边无际的宇宙，里面应有尽有，在这里，你没有重力，可以驰骋飞翔；你不需要努力，没有任何困难，不用拷问自己，也不用假装一切安好。在这里，你会觉得非常安逸。我知道，这一切都是虚拟的，但是在游戏里不需要隐藏自己，你反而会觉得更加真实。你无比强大，你可能会死亡，但又会重生；你可能会被击败、被吞噬，但你仍能卷土重来，获得胜利。你知道该去往何处，也知道该如何行动，这些你很快就能学会，不需要上太多课，听太多意见。

我不得不承认，我现在很想玩游戏。

5. 弗兰

我想安生地过日子，你们放过我好吗？没错，一想到黄色，我就会觉得一切都安好。但红色不行，我得确保周围没有一丁点红色。昨天，我看见睡在我下铺的杰茜穿着一件血红色的 T 恤，我只好离她远远的。我尽量不去看她，因为我知道，而且我能肯定，只要我目光从她身上掠过，哪怕只是扫一眼，我身上就会发生不好的事情，没错没错。

昨晚，我没办法和大家一样蒙着眼睛做游戏。多可怕的游戏啊，什么也看不见，可是如果一个人什么也看不见，他该怎么办呢？我非常焦虑，因为我不知道会发生什么事情，我开始在罗比面前打哆嗦，这位和蔼可亲的女队长是个讲道理的人，声音听起来很沉稳。她问我怎么了，告诉我，不是必须得玩儿这个游戏。我对她说，我觉得有些不舒服，我肚子疼。于是，她陪我一起去了厕所，一直站在外面等我。

游戏中，我们要模仿雾气里的航船，灯塔的声音会给我们指明道路。不止我一个人不想参加这个游戏，但队长说服了我们所有人。

他们巧舌如簧，从来不必抬高声音，只需讲个笑话，笑着就能掌控全局。本来我也愿意参加游戏，但是那个女孩穿的红色 T 恤，可能会要了我的命！我知道，我不应该往这个方向想，没错没错，这很夸张。我什么也没说，因为我一旦开口，肯定会说出一些不妥的词汇，或者是会惹来麻烦的句子。这些我都知道，因为奶奶去世的时候就发生了这种事。没错，都是我的错，错在我有一个红色的书包，错在经过医院时想起了奶奶。我不应该想她的，可为什么偏偏是她呢？奶奶曾是我在这个世界上最爱的人。没有了她，世界好像失去了光亮，就像前几天的那场大雾，它使所有人都郁郁寡欢。还有卢齐奥一家的纪录片，里面有个女孩写了一首诗，我觉得，她的诗就像奶奶以前给我念的童谣，奶奶的声音平和而柔缓，我总是能安恬入睡。

我已经许久没有想念奶奶了，我害怕一想起她，自己就会生病。是啊，每到夜晚，我就会把手放在胸口，有时我会觉得自己没了心跳。奶奶的心跳是骤然停止的，这种命运也可能会降临到我身上。医生告诉我，这是不可能的，他说我还很年轻，而奶奶那时候年事已高。但我知道，他之所以这么说，是因为我父母担心我，他们发现我经常把手放在胸口。为了让他们不要盯着我，不要把我当成疯子，我再也没有那样做过。

我从卫生间出来时，罗比还在门外等我。她问我怎么样，有没有感觉好一点。没错没错，我觉得好多了，可是她并不相信。她让我出去转转，新鲜空气会对我有帮助。室外低云笼罩万物，罗比问我觉得这雾气怎么样，我本来不想说话，因为我知道，只要我一提起某些事，大家就会觉得我疯了，可是我再也没办法把这些话藏在心里了，于是脱口而出："昨天我想起了奶奶。我梦见她了。"

"我知道。"罗比说。我以为她会说："抱歉，这和你奶奶有什么关系？"或者其他类似的话，爸爸和妈妈就经常朝我吼叫："你住嘴！弗兰切斯卡！别再执迷不悟了！够了！"他们气急败坏，说再也受不了我了，说我不应该再胡言乱语，说我快把他们逼疯了。

我知道我很古怪。是啊，我疯疯癫癫的，以后肯定会早早死掉，心脏永远停止跳动。但是，如果我稍加注意，不再从医院经过，不穿红色的衣服，不说傻话，不往马路的导流线上走，也许一切都会好起来。是啊，有时候情况还不错，比如说，罗比让我谈谈奶奶的时候，我心里好受多了，仿佛奶奶又回到了我身边，认真倾听我的声音，把那些她曾经讲给我听的清晰而简单的话语，再一次讲给我听。尽管她从未对我说过，但我知道，我是她最喜欢的孙女。她说，她喜欢她所有的孙辈，包括我的姐姐和我的堂兄弟，但我能感受到，她说的不是真的，只有我才是她的最爱，因为和我在一起时，她的笑容很特别，和对别人的笑不一样。她总是对我说，我们两个永远心连心。

我有一个疯狂的想法，既然我们俩心连心，那么奶奶的心脏停止跳动了，我的心脏是不是也会停止跳动？我把这想法告诉了罗比，她对我说，她明白我和奶奶之间浓厚的亲情。她问我，我的家人知不知道我和奶奶之间这种特别的关系。我说，我父母并不知道，也许他们反而不希望这种关系存在。我说，我父母觉得我疯了，为了让我安然入睡，他们给了我一些药丸，让我不要再如此偏执，我应该长大了，不能再说幼稚的话，譬如关于心脏的胡话。

于是我保持沉默，因为没有人能理解我的心思。即便是我的姐姐也不能，她说我太不切实际了。她年龄比我大，瞧不起我，指责我不够机灵，她告诫我，迟早有一天，爸妈会把我关到某个地方。我也知道，早晚会有那么一天。

为了那一天的到来，他们先把我送来了灯塔，这个遥远的地方。我本来不愿意来，因为我害怕接触新的地方，但他们觉得这是个正确的决定。他们说，这个夏令营离家远，非常适合我，这样我就不会再那么执迷不悟。更重要的是，没有我，他们也能喘口气，好好休息一下。他们告诉夏令营的组织者，我患有轻度抑郁症，但我喜欢交际，也喜欢阳光。

其实，我不喜欢交际，不喜欢和陌生人待在一起。同龄的女孩都有可以一起出去玩的朋友，而我却没有，但我也没觉得这有什么不一样的。她们总是为一些我无法理解的事情发笑，如果他们问我点什么，我也不知道该如何回答。我们小时候就经常说，我是你的朋友。我们也很容易满足，只要牵着手，一起玩洋娃娃就可以了。现在我无法理解，也不知道是怎么回事，我小时候的玩伴都变了，她们用我听不懂的方式，讲一些奇奇怪怪的话，还时常大笑。她们会睁大眼睛瞪着我，叫我"烦人精"。是啊，的确如此。

克劳迪亚和我做同桌两年了，奶奶去世时，她给我发了一条短信，想邀请我去她家做客，但我没把这件事告诉家人。父母说我是个大麻烦，不想陪着我，所以巴不得把我推到别的孩子身边，比如他们朋友的孩子、我姐姐以及她的朋友。他们还说，如果我死性不改，他们就会把我送到国外，让我改掉这身奇奇怪怪的毛病。上一次妈妈威胁我，说要把我送出国时，我浑身颤抖，牙齿打战，还好我逃到了卫生间，她没看见，否则她可能真的会以为我疯了，然后立刻把我赶出家门。

我一边和罗比讲话，一边用手指触摸脉搏，感受自己的心脏是否在跳动。我已经学会了偷偷做这事，根本没人察觉。我假装调整手表，或是想要扯扯汗衫的袖子，手在另一只胳膊上稍作停留，这时候，我的食指和中指就会感受到脉搏在跳动。到了夜里，我就把手放在胸口，但有时候，心脏似乎蜷缩进身体深处，比如昨晚，我似乎感受不到自己的心跳了，好像它突然停止了似的。

我睁开双眼，隐约之间，看见对面的床铺是空的。琳出去了。这不是第一次了，可我觉得这次有些不同寻常。终于，我又感觉到了心跳，我想，这是它在给我发送信号，让我去跟踪琳。我不害怕黑暗，于是我静悄悄穿过走廊，看见门虚掩着，就走到院里，我把手贴在胸口，发现心脏仍然规律而有力地跳动着。虽然四周一片漆黑，但我还是看见了他们。没错没错，我看见有人躺在那里，不只是琳，一共有三个人。

大海星辉闪耀，照亮了夜空。和蒙着眼睛的游戏不同，这个活动我倒挺喜欢。星星一闪一闪，和我心脏跳动的节奏一模一样，于是，我把手从胸口挪开。我小心翼翼地走过去，此时，他们正在窃窃私语。

6. 在庭院里躺着

"谁在那儿？弗兰吗？"

"没错没错。"

"你怎么出来了？"问这句话的人显然有些生气。都德打断这个问题："放过她吧！她只是和我们一样出来了而已，房间里闷死人了，和我一起睡的队长还打呼噜。"

弗兰蹲下身，在离他们较远的地方躺了下来。

"看看这片星空，这应该是灯塔最美的景色了。"都德接着说。

"我有一款银河系游戏。"塞尔乔也加入了谈话，"游戏里的景色和这里一模一样。深蓝的天空上繁星点点，你可以乘着宇宙飞船驶进天幕。"

"然后你可以学习星球的名字？"都德打了个哈欠。

"不是，那是一款新开发的游戏。你在超空间里旅行，选择好要着陆的地方，就可以操纵飞船着陆。比方说，你要降落到一颗未知的类地星球上，但你需要抵抗外星人。"

"啊，原来如此。"都德说道，"那些外星人长什么样子？就是那种寻常的牙齿尖尖的怪物？"

"不一定，他们形态各异。你必须在空间基站里把自己安顿好，不然没有食物和氧气，你就死了。"

"天啊，疯子才玩这种东西！"都德感叹一句。

琳笑着说："难道你不喜欢玩电脑游戏吗？"

"喜欢是喜欢，不过一点点而已，打小就是这样。"

"我玩的可不是电脑游戏，而是模拟游戏。一定还存在其他的世界，大家都这样说。"塞尔乔勇敢地提出不同见解。

"但愿还存在别的世界，而且那里的人种比我们都高级。我们才是怪物一样的外星人。"都德故作高深，然后继续说，"好想来根香烟。这里比劳教所还痛苦。"

"你抽烟？"塞尔乔问。

"你不抽？"都德反问。

"不抽。"

"我像你这个年龄的时候早就开始抽烟了，我那时候大概十二岁。"

"别听他胡扯。"琳也加入谈话，"他这是在吹牛。"

"我抽过一次。"弗兰说，大家惊诧万分。

"啊，是吗？什么时候？"都德饶有兴致地问。

"在一次聚会上，我姐姐的朋友给我的，她说抽烟可以消除焦虑。"

"啊，原来如此。"都德问，"那你的焦虑消除了吗？"

"没有，抽烟只是让我咳嗽了而已，我反而更焦虑了。"

"一支烟，嗯？"都德继续说，"跟你玩的人还真有意思。"

"是我姐姐的朋友。"弗兰重复一遍，她有些激动，"她有一大堆朋友。"

"看看她都给妹妹教了些什么。"都德讥讽道。

"你有兄弟姐妹吗？"琳问。

"有一个妹妹，真的超——级可爱！"他讽刺地回答，随后又严肃地说，"不，我是说真的，她真是个小宝贝。虽然我父母想尽办法让她讨厌我，但我还是她的英雄，她的大哥哥。"

"为什么？"

"这说来话长，家里那些事……"都德一只手在空中晃动，似乎在找合适的措辞，"如果一个人被送到这儿来，肯定是家里人决定的吧？你家不是吗？"

"对，我家也是。"琳表示赞同。

"那你有哥哥姐姐吗？或者弟弟妹妹呢？"

"我是最大的，和你一样。"

"你的爸妈应该就是你们家所有孩子的亲生父母。"都德猜测，"但是我家就很复杂了，我是恶魔的儿子！"

琳叹了口气："你说得对呀！我倒要看看，你还要吹多少牛。"

"哦，原来你没听懂我的隐喻啊。"都德厌烦地反驳。

"隐喻？你说什么呢？"琳情绪有些激动。

"'隐喻'这个词很难吗？一个人说'我要死了'，其实是在说'我太累了'，这你知道吗？"

"你知不知道你的话真的太多了？"琳生气地质问他。

男孩沉默了片刻，然后低声说："别说话，他们从那边过来了。"

"谁过来了？"塞尔乔警惕地问。

两个人影从低处出现，鬼鬼祟祟地向庭院走来，和僵尸之城里面的场景一模一样。夜半时分，城市的土地沸腾起来，那些不死之躯从各种意想不到的地方爬出来：坟墓、家里的地下室、花园里的花坛、车库和河滩。丧尸挤满街道，缓慢、麻木地寻找食物——活物的鲜肉……塞尔乔屏住呼吸，攥紧右手，好像抓着一个遥控器似的，可他手上什么也没有，他只觉得全身像被冻僵了。

弗兰抬起头，挺直腰板，把手放到胸口。她觉得是有人闯进来了，也许是贼，也许比贼更可怕。就像电影里一样，蒙面人突然闯入家中，拿枪指着所有人，弗兰从小就害怕这种电影，可她梦到这恐怖的场景多少次了？此时她的心脏剧烈跳动，狂乱地在胸腔里拍打，好像在寻找出口。弗兰用手捂住胸口，似乎是为了防止它逃走。

琳静静转向一边，看见两个人影溜进了院子。他们怎么可能注意不到躺在地上的这一伙人呢？直到几分钟前，这伙人还在交谈，他们没听到吗？也许他们知道这里有人，但他们不想被别人发现。他们贴着院墙，鬼鬼祟祟地继续走。终于，都德用力咳嗽一声，两个人影立马站立不动了。

"谁？"其中一个人低声问，是个女孩的声音。

塞尔乔深吸一口气，脑袋里幻想的画面瞬间消失不见。弗兰的担忧也随之消失，她感觉心脏跳动的节奏慢了下来，于是重新蜷起身体，沉默不语。

都德一骨碌坐了起来，挥动手臂跟那两人打招呼："马克西姆、娜娜，你们一起加入我们的'星光派对'吧！"他压低声音呼喊。

"是都德吗？"女孩走过来，"你在这儿干吗呢？不对，你们在干吗呢？"她看着地上一伙人问。

她和马克西姆拉着手，也把他拽了过来。马克西姆咬牙咒骂："这里这么多人，我俩肯定会被队长抓住的。"

"大家一起被抓，总比你们俩单独被抓住好，你觉得呢？"都德挑衅地问。

"你什么意思？管好你自己的事吧！"马克西姆气冲冲地反驳。

琳为了维护马克西姆，对都德说："别再说了，都德！你饶了他们吧。"

"就是，关你什么事！"娜塔莎气冲冲地说。

都德笑了起来，但没有发出声音，牙齿在黑暗中闪闪发光，好似一只鬣狗。"先不说这事儿和大家都有关系，明明是我先来这儿想清静一下的，现在我周围却围了一圈儿人……不管怎么说，你俩这是想被抓住啊！因为现在进房间，无异于拉响警报。"

马克西姆蹲在地上，终于爆发了："天啊，你这是什么理论！我真佩服你！"接着语气变得咄咄逼人，"但是这没用。事实是，如果我们回去了，被逮住的人就是你。大不了我们就说是被外面的动静吵醒的。"

"正好就你们俩听到了？谁会信呢？"都德冷静地反击，"你们说你们刚起来，哄谁呢？你们现在谈情说爱太早了吧！"

"惹你不爽了？嗯？"马克西姆挑衅地问。

"有一点。"都德回答，不过为了缓和紧张的气氛，他继续说，"到目前为止，我还没找到自己的意中人。"

"喂，我对你们男生的谈话不感兴趣，我要回去了。"娜塔莎终于忍不住开了口，但一只手抓住了她的脚踝。她很生气，但仍压抑着情绪不叫出声："谁让你拽我的？快放开！"

"我不会让你走的，你要是走了，我们都会很想你的！"都德饱含热情地呼唤。他含情脉脉地望着女孩，像在朗诵诗歌："星星，我唯一的星星，你在寒碜的黑夜，孤零零……"

"你在做什么？你个白痴，想勾搭我的女朋友？"马克西姆怒不可遏，恶狠狠地瞪着都德。

"不是我，是翁加雷蒂①。"都德立刻换回正常语调。

"谁？你在说什么？"马克西姆问。

"你的女朋友？"娜塔莎嘟囔着，"现在我成你的人了？"

琳也开始责备马克西姆："你看，他对你的女朋友根本一点兴趣也没有。"

"为什么？他和你在一起了？"马克西姆问。

"你们知道自己在大喊大叫吗？"娜塔莎厉声斥责他们，"你们都消停点儿，我就坐在这儿，看你们什么时候能安静。"她的语调发生了变化，似乎十分满意。

弗兰已经缩回了角落，塞尔乔轻声抱怨："我们这么吵，队长要是不扑过来就怪了。"

"外星人会把他们吃掉的。"都德反驳他。

"你少说一句会死吗！"琳想挫挫他的锐气。

突然一束光照向他们，所有人都惊跳起来。手电筒后面，有一个高高瘦瘦的身影，"你们在这儿干吗呢？"他的声音因困倦而显得有些沙哑。

"把灯关掉！"

"我们正在说你什么时候会来。"都德机敏地回答，但对方并没有领会到话语里讽刺的意味。

"那怎么没人喊我？"

"怎么没有？"都德笃定地回答，"我们喊你了，但你睡得像石头一样沉！"

"真的吗？这里都有谁？都德，马克西姆？还有女性？"

_____

① 朱塞佩·翁加雷蒂（1888—1970），意大利诗人，隐逸派诗歌的代表人物。此处都德朗诵的是其诗歌《星星》中的诗句。

"你是傻子吗？怎么说话呢？"娜塔莎诘问道。

琳也跟着嘲笑他："女性！幼儿园的小朋友才这么不会说话！"

"女性和男性。"都德一本正经地确认一遍。

"不过……你们也喜欢天文学吗？"那人惊诧地问。

大家一下都愣住了。

7. 瓦尔特

我们是宇宙中微乎其微的实体，这已经被证实了。我们认为宇宙只有一个，并且在不断扩张，而不是许多个宇宙联结在一起，一个孕育出另一个。没有人知道是否存在多个宇宙，但是有人提出了大爆炸理论，我们在学校会学到，宇宙产生于大爆炸。好吧，也许并不是爆炸，而是大跳跃，从一个宇宙跃到另一个宇宙，原来的宇宙收缩至不能承受自己的质量，最后变成一个小球，然后，嘭的一声，猛然一跃，重新开始扩张。无休止地乒乓作响。

课堂上，连老师也不同意这种观点。他跟我说，这纯粹是科学幻想，就像一个谬论。但是科学幻想用虚构的术语预测或阐释了不少理论。有时候，作者会在书本中留下隐秘的信息，给我们讲述某些正在发生，但他们又无法清楚说明的事情，因为这些东西有的是科学假设，有的是绝密的研究或信息。人们现在读的一些故事，若干年后会被认为是"预言"，但其实它们是已经被证实了的研究。

很少有像我老师那样的人，他不赞同大爆炸理论，而且还提出了一些无法证明问题，比如，假定存在一场原始爆炸，那么这次爆炸是谁引起的，是怎么发生的？

　　他盯着我，好像我知道答案似的，但我并不知道。就连科学家也不知道，他们长年累月地思考这种问题，试图用数学公式或疯狂的实验寻找答案，比如，在瑞士的一座山下进行的希格斯玻色子实验。

　　有些猜测被证明并不正确，几年以后，原本提出这个结论的科学家又会宣布自己当初搞错了，这种事情时有发生。我在《万物理论》——一部关于霍金的电影里看到过。太酷了！他凭借那套理论成名，但最后，他承认自己的理论是错误的，必须从头再来。

　　所以我的老师就说了："看见了吗？每过几年就有理论被彻底推翻，因为没有绝对的答案，只有人类的假设，关于万物起源的解释并非人性的，而是神性的。只有上帝才能孕育宇宙。"

　　我最好什么也不说，因为我对宗教也一无所知，这不是我的错。我的家人对宗教不感兴趣，和牧师，或者是信仰基督教、伊斯兰教或其他宗教的人相比，我们仿佛生活在另外一个世界。所以，我在家讲起老师的言论时，爸爸耸了耸肩，说我的老师可能是一个"神创论者"，相信万物像《圣经》里描述的那样，是由上帝创造的。

　　在这次奇怪的讨论之前，我从来没有读过《圣经》，也没有读过其他与宗教有关的书籍。于是，我去图书馆借阅了一本《圣经》，我觉得这本最精简，因为它没有摘要和注解。我觉得自己读了一本神话书，至高无上的造物主在七天内创造了整个宇宙。好吧，有些东西我原来就知道，不过在《圣经》里读到，我会有不同的感受。当然，我相信，教徒读这个故事时会用另外一种方式感受和阐释它，就像大家小时候期待圣诞老人那样。实际上，我向班上一个信教的同学芝诺寻求解释时，他说，不应该像读一本普通书那样去阅读《圣经》，因为它是一部神圣的作品。就好比我没有幽默感，却要读喜剧作品，所以找不到笑点，也什么都理解不了。也许这个比喻并不恰当，因为实际上，我觉得有人像游戏里那样创造出太阳、大地、花草这件事实在可笑。我把这话告诉了老师，他火冒三丈，说我这是在亵渎神明。我举起双手向他道歉，我不想冒犯任何人。

可以肯定的是，在所有种类的书籍中，我最喜欢读科幻书和天文杂志。我想成为一名宇航员，但我没有说出来，因为人们认为成为宇航员是小朋友的梦想。可我觉得，小孩子更希望成为足球运动员。我小的时候，没有人说过想成为宇航员，连我也没有。我是后来才萌发了对科学的热爱，准确地说，是最近这段时间。

同学们都认为我是个死心眼，不过他们还是会向我借科学作业抄。父母很骄傲我能拥有这个爱好，但我很清楚，他们的朋友都觉得我很奇怪，觉得我是个狂热分子。他们会冷不丁地问我是否喜欢体育运动，是否是某个球队的球迷，当我摇头的时候，他们都会彼此交换眼神。妈妈会为我解围，说我"活在自己的世界里"，我不知道这是不是赞美，但至少大家好像都明白了。

我确实没什么朋友，这似乎是个大问题，因为我这个年龄的孩子，应该和同龄人待在一起。可是，我和别的小伙伴待在一起会感到不舒服，这并不是我的错。我也不知道如何像他们一样谈话，有时候，我觉得自己就是个异乡人。也许我真的来自外星，那里的人为我安排了一场时空旅行，让我去一个截然不同的世界生活。也许我其实已经有爷爷那么大年纪了。爷爷常说，他上学的时候，学校里纪律严格，就连"白痴"也是一个冒犯性的词语。那时候学风严谨，学生学习勤奋，那些像我一样的学生会受到嘉奖，而不是被当成需要"融入社会"的怪胎。但是那时候科技落后，没有电脑和平板电脑，宇宙时代才刚刚起步，所以，还是生活在现在这个时代更安逸。

我起码可以钻研不同的学科，而且爱好广泛，根本算不上什么死心眼或狂热分子。例如，矿物学也是我感兴趣的领域之一，我从小就开始收集矿石。这个爱好似乎很讨大家喜欢，因为你小的时候，如果热衷于那些复杂的问题，会让人觉得很可笑。你会变得一根筋、乏味透顶。

遭受了那么多指责后，爸爸妈妈终于做出了让步，他们建议我参加这个夏令营，在这里，我可以在大自然中郊游，也可以深入研究海边的环境。我同意了，因为我很好奇，仅此而已。这些天，我学到了不少东西：海岸边的生态系统，地中海的动植物群，外来物种如何定居以及定居物种如何适应环境。

灯塔从古代一直运转至三十年前，这深深地打动了我。而我最喜欢的部分，是灯塔上的电气照明技术。

至于这伙同伴，唉，我已经习惯忍受那些乖戾的同龄人了。至少在这里没人喝酒，不像我在参加聚会时，所有人都得喝得酩酊大醉。我盯着时间，寻思着还要在那里待到什么时候，怎样努力才不让别人注意到自己。等到半夜，我借口护送几个女孩回去，才能精疲力竭地回到家中。这时，我终于可以打开"虚拟天空"的软件观察天象，看星星随夜晚时间的流逝而改变位置。

如果可以的话，我想去天文台游览或在那待一段时间，可惜天文台并没有适合我这个年龄的实习岗位。我打听过，完全不可能。爸爸建议我，等长大了我再去谈论自己的那些爱好，因为不是所有人都能理解并赞赏我的兴趣。

不过我明白，没必要非得是科学家才可以对世界感兴趣，才会被地球以外的事物吸引。我曾读到过一句话，一下子就被打动了，于是我把它记在了脑海里：我是宇宙，我包罗万象[①]。

这句话不是出自史蒂芬·霍金之手，是一个叫瓦尔特·惠特曼的诗人的诗句。

[①] 该诗句出自19世纪美国最杰出的浪漫主义诗人瓦尔特·惠特曼的《自我之歌》。

8. 星象

塞尔乔向瓦尔特走去,躺在他的另一头:"你相信存在UFO吗?"

瓦尔特思索片刻,回答道:"科学家说,宇宙中极有可能存在类地行星。所以肯定还有其他形态的生命,也许他们就和我们一样。"

"我不信。"塞尔乔摇摇头,解释说,"我不相信存在UFO。也许其他星球上存在,但只有在电影里,外星人才会来地球。"

"我喜欢有外星人的电影。"瓦尔特说。

"跟这有什么关系?我也喜欢,但我还是不相信有外星人。"

他们讨论宇宙中是否存在其他生命时,娜塔莎开始跟都德说话,两个人你一言我一语地争执起来。

"你在监视我们吗?"娜塔莎低声问。

"瞧你说的,我早就知道你们俩之间有点什么了。他一直缠着你。"

"我已经在躲着他了!"女孩抗议。

"是啊,你很机灵。"都德回答,他的语气令人信服,以至于女孩不由得笑了,"但他可不是这样。"

"这倒是真的。"女孩承认。

"你假装毫不在意，但趁人不注意的时候，你又对他抛媚眼，这种老把戏见怪不怪了。"都德继续说道，语气像平常那样痞里痞气，"星星，这可是我的拿手技巧。"

娜塔莎用手捂着嘴，开心地笑了起来。

"你笑什么？这家伙跟你有什么可说的？"马克西姆嫉妒地问。

"没什么，他说我不知道用什么技巧。"

"技巧？"琳好奇地加入谈话。

"哎呀，这只是一种表达方式，你们这些女孩，马上就想歪了。"都德云淡风轻地说，"就是说，我知道两个互相喜欢的人会怎么做，明白了吗？任谁老远都能看出来，马克西姆正在热恋。"

"天啊！你真是个心理学家！"马克西姆感叹，语气听起来十分愉快。

娜塔莎瓮声瓮气地笑了一声："继续说。"

"如果是这样的话，那塞缪尔也喜欢娜塔莎。奇怪，他怎么没出来？"琳闷闷不乐地问。

"因为他一个人睡在最里头的房间，挨着两个女队长的房间。"都德向他们解释，"你们都应该感谢都德叔叔我，因为我代替了他睡在朱利奥的房间，他才被安排到了'和尚庙'里一个人睡的。"

"你溜出来怎么没被朱利奥发现？"娜塔莎好奇地问。

"朱利奥睡觉很沉，昨天晚上他头疼，吃了一片安眠药。要我说，我们还让他睡了个好觉呢！"

"真可怜。"娜塔莎感叹一句。

"可怜什么？说到底，他也在度假呢！"马克西姆反驳，"他又不用去开凿石头，想想队长他们带我们去的那个山洞。"

"对了……"都德说。

"别，闭嘴！"琳打断他。

"为什么？怎么，这是个秘密？"都德神色讶异地问。

琳大发脾气："反正你就是不能闭上你的那张嘴！"

"怎么了！我可是一整天都没说话，从早上开始我就跟个哑巴似的！"

"你在观察我们所有人。"娜塔莎兴致勃勃地回了一句。

都德耸耸肩："有些事看一眼就能知道了，我需要观察什么！"

这时，琳好好帮了娜塔莎一把："之前，你跟我说了一件关于塞尔乔的事情，你叫他游戏狂。你想干什么？给我们贴标签？"

"没有，我只是在开玩笑。"都德辩解。

"哦，是吗？那他是怎么称呼我的？"娜塔莎问。

琳小声嘟囔："他什么也没说。"

都德立刻回答道："我叫你星星啊，你不记得了吗？我甚至还搬出了翁加雷蒂。"

"他是谁……？"娜塔莎问。

"一位诗人！你们怎么什么都不知道！"

"啊——，真是位教授。"娜塔莎挖苦他。琳也毫不松口："他总是觉得自己高高在上，这是因为他年龄最大。"

"你知道他多大？十六岁？"娜塔莎追问。

"十五岁半。"都德纠正，又自鸣得意地补充说，"不过我显得更成熟，有时会有人觉得我已经十八岁了。"

"喊，你可真能吹牛！"琳反驳说。

这时候，马克西姆微微起身，不怀好意地说："你们两个一唱一和的，嗯？多像一对小情侣啊。"他抬起一只手，把食指和中指并拢在一起。

"是小冤家吧。"男孩脱口而出。

"你刚才说山洞怎么着了？"娜塔莎又提起这件事。

"还是算了吧，这是琳的秘密！"

"够了！"琳勃然大怒，用胳膊肘捅了他一下。

出于本能，都德踢了她一脚。琳忍着没有叫出声。

"干什么？你竟然打女生？"娜塔莎激动地问。

"不是，是她在打男生。"都德辩解。

这时，弗兰在不远处焦急地说："你们别吵了，什么也听不见了。"

"有什么好听的？"琳语气很冲。

"旋律，没错没错……大海的旋律……"弗兰含混不清地说。

"她说得对，小可怜。"都德开起了玩笑，"如果我们保持安静，还可以听到宇宙的震动呢。"

瓦尔特听到这话，立马向大家确认："你们要知道，宇宙震动的声音确实有记录，这并不是无稽之谈。"

大家沉默了片刻，仿佛真的想要捕捉那神秘而美妙的音符。然而，大家只清晰地听到了一阵轻轻的鼾声。所有人都憋着笑，都德感叹道："可怜的马克西姆，他累垮了，每天晚上都在外面……"

"不是每天晚上，也不总是在外面。"娜塔莎回答。

"如果塞缪尔知道的话……"都德挑衅地说。而娜塔莎反击道："他知道，他知道的。你没看见他想追我，但我把他打发了吗？"

"没有，这我倒没看出来。这是什么时候的好戏？"都德兴致勃勃地问。

这时，琳找到了反击的机会："谁知道那时候，你是不是正在监视别的人呢！"

"娜娜和马克斯是最讨人喜欢的。"都德有些生气，"因为男女关系总是很有趣，而其他人都在我意料之中，无聊透了：那个得厌食症的，那个智商不在线的，那个神情慌张的，还有小修女……跟我初中班上还真像。"

"啊，是吗？就你是直接跳到大学的。哦不，你已经从心理学专业毕业了。"琳步步紧逼，"我都不知道为什么要听你说话。"

"因为我很聪明，像你这种成天愁眉苦脸的人，都喜欢聪明的家伙。"

"反正，这里只有你一个还挺乐观。"娜塔莎说。和琳不同，她似乎挺欣赏这个小伙子的热情。

"不，星星，这不是还有你嘛，你来这儿也是想玩儿得尽兴。怎么说你也肯定比我开心。"都德说。

"难道这里没有一个人入你的眼吗？"娜塔莎问。

"也许有，就是那个家伙，卢齐奥。"都德舒了一口气，"在那个短片里，他看上去还不错，戴着'复仇者'的帽子，穿紧身牛仔裤和长筒靴。多帅啊！"

琳笑起来："你说守塔人卢齐奥吗？"

"他是真正的男子汉。"他又说。

娜塔莎十分好奇："你的意思是，你喜欢男人，喜欢成年男人？"

"为什不呢，你不喜欢吗？"

"喜欢，当然喜欢。我前……马克斯还在睡觉吧？"娜塔莎担忧了几秒，然后重新说起，"其实，我前男友有……"她又迟疑了一会儿，继续说，"三十五岁。"

"恭喜，你赢了，我的前任只有三十岁。"都德毫无感情地回答。

"你们……真可怕！"琳感叹道，声音像从地下传出来的，"你们已经老了。"

"有点吧。我又不是没年轻过，也不是没当过小朋友。"都德说。

"你也会变老的！不好意思，我没想冒犯你，不过琳，我觉得你有点保守，你不觉得吗？而且还对人有偏见。"娜塔莎忍不住说。

"也没有吧。"都德突然开始维护琳，"她只是想得太多了，是吧，琳？"

"滚一边去。"

"听见没？她嫉妒了。"都德低声说。

"嫉妒？为什么？"娜塔莎很惊讶。

"因为我们在说……算了，开玩笑而已。"都德回答。

琳很生气，她一言不发，都德和娜塔莎继续窃窃私语。

"那山洞里到底有什么？有什么秘密吗？"娜塔莎对这个话题越来越感兴趣。

"一条双尾美人鱼。"

"所以呢？我们所有人都看见了，这算什么秘密？"

"好吧，琳又回到那儿看过，发现了一个首字母。"

"哇！什么首字母？"

"一个'V'，这一点也不难，你觉得呢？"

"不好意思，琳。"娜塔莎直接问琳，都德在她们中间，遮住了琳一半的身躯，"你又回到那里了？一个人？"

琳咕哝了一声："没错。"

"这里每个人都溜出去做自己的事儿，而且还没人察觉，队长他们可真行！"

"我还逃过了都德警长的火眼金睛呢。"琳满意地感慨。

"那究竟有什么秘密？"娜塔莎追问。

这时，都德终于把实情和盘托出："还有另外一个首字母，是吧，琳？"

"一个'M'。"琳说。

"天呀！这不是马克西姆^①的首字母吗？"

"别告诉我你们俩也去过那里。"都德十分惊讶，然后继续说，"这山洞里可真热闹啊！"

"才没有，那里太远了。"娜塔莎接着问道，"那么，那个'M'是谁呢？"

"没人知道。"都德失望地说。

瓦尔特和塞尔乔已不再谈论关于外星人的冒险和传说，马克西姆翻了个身，继续沉浸在梦乡。弗兰小声嘀咕着："大地在晃动，你们感觉到了吗？"

没有人听清她含混不明的话语。她双手紧贴地面，眼睛睁得大大的，凝望着天空。一颗流星划过，清晰可见。

---

① 马克西姆的名字为 Maxim。

9. 阿曼德

　　星星会让快乐填满我的心房，比月亮好多了，月亮只会让我害怕。星星可以指明方向，如同这座灯塔。我敢肯定，人们建造灯塔的灵感就抄袭自星星，因为人类根本不会创造，他们只会在一只强大而无形的手的引导下抄袭自然。只不过，正如我们老师所说，人类太自以为是，他们不愿承认神的意志，而是像孩子一般，认为自己无所不知，强大到不可战胜，他们就是这样在摧毁自己，摧毁这个世界。

　　我明白摧毁意味着什么。我们离开家乡的时候，我年纪还小，但还没小到能够忘记这件事。那天晚上，天上没有月亮，但群星璀璨，同今晚的夜空一般明亮。我们人很多，所以我们觉得自己更加强大，更加坚信厄运不会降临。我们中还有很多孩子，但没有人哭，也没有人抱怨。

　　我们像一群没有蜂后的蜜蜂，将国王和王子抛在身后，正是他们把我们的国家变成了一片废墟。我们登上大客车或小轿车，车辆排成一条长龙，如同一支古代穿越沙漠的商队，只不过我们前进靠的是发动机。我们随身携带着中途续航的汽油，跨越万水千山，有时一走就是几小时，有时一整夜都在跋涉。不知为何，小时候的事情总是显得尤其重大，时间也似乎尤为漫长。总之那是在晚上，车灯全都亮着，我想，那时我应该在客车的座椅上睡着了。我记得，后来我们抵达了一座城市的火车站，我醒了，所有人都拖着行李，从那儿下了车。我背着双肩包，里面装着我自己的东西。然后大家又上了火车，大家开着玩笑，个个喜笑颜开，似乎我们已经把所有的不幸都抛在了身后，已经安然无恙。

爸爸和旅途中认识的朋友一起开怀大笑，连妈妈脸上多日的担忧也不见了踪影。其实她并不想离开家乡，她说这太危险，我们可能会被抓住，然后被逮捕。很久之前，她的兄弟萨米尔就被抓进了监狱，从此便杳无音信。现在我才明白，实际上，那时所有人都知道舅舅怎么了，他被逮捕后，在监狱里挨了打，之后被残忍杀害。虽然每当提起萨米尔舅舅时，妈妈都会表现得满不在乎，其实她是强忍住了眼泪，不想对我和弟弟提起这一切。因为舅舅的遭遇，她强烈反对我们离开家乡，有时候我能听见她在房间里和爸爸低声争吵，但爸爸并没有妥协，最终，我们还是趁着黑夜出发了。妈妈一直固执地低着头，她放下面纱遮住脸庞，一直盖到鼻子。妈妈很生气，我看见她仓皇地走着，沉默而愤怒，直到我们登上火车，她才如释重负，仿佛那副恐惧和焦虑编织而成的盔甲已然四分五裂，她终于可以喘口气了。她把头靠在靠背上，头巾滑到脑后，露出了红润的面颊和闪烁着喜悦的双眼。我们安全了！

我本以为，下了火车我们就能到达某座城市，然后在那里安家落户，然而旅途没有结束，而是刚刚开始。我记得火车之后还有轮船，下了轮船还有卡车。我记得途中的大海和贫瘠的土地，男人们总是对我们发号施令：去哪里，从哪里上，从哪里下。旅途似乎永远不会结束，我们总是在夜里冒着危险穿越大海，我们在集合的营地里只能以天为被，以地为席，可即使是这样，我依然激动不已，我可以拍着胸脯对天发誓，旅途中的一切我都喜欢。我觉得自己就是冒险故事中环游世界的英雄之一，就像水手辛巴达①或阿里巴巴。

我们都时常想起那些敌人，可我会在脑海里幻想自己击败了他们。他们说不欢迎我们，我们应该尽快离开，不然会有人把我们关进监狱。他们说，武装士兵会过来把我们驱逐出去。于是，我想象自己与那些坏人作战并取得胜利，我想象自己拥有超能力，一直飞到太空，摘下一颗星星，然后把它带到地球，照亮笼罩着我们的无数黑夜。如果我不幻想这些战争，就会和其他孩子一起踢球，我们互相追赶，为了玩具汽车吵架，还会偷窥那些比我们大的孩子。尽管大人不让我们玩手机，不让我们抽烟，大孩子还是会坐在一起做这些事。我们这些小孩子如同石缝间和辽阔土地上疯长的小草，对一切都充满了好奇。有时候，大孩子中会有人给我们一杯饮料或一块巧克力，好把我们打发回家。

然而，妈妈又回到了那种严肃、阴郁的状态，她抱怨我们不听管教，命令我们不许接受别人的饮料，不许吃那些乱七八糟的东西。她埋怨我们蓬头垢面，还告诫我们，如果我们继续这样，以后就会生病，到时候她也不知道如何医治。她经常和其他女人闲谈，以此来交换各种东西，从食物到零碎物件，而它们的主要作用就是折磨我和弟弟。比如香水浸湿的帕子，妈妈坚持用它给我们擦洗身体；比如恶心的粉末，她把这些粉末倒在我们头上，还有篦子，她会用篦子梳顺我们打结的头发，寻找虱子，这是她的一种执念。我们就像拥有一群妈妈，她们呼唤我们，训斥我们，用讨厌的手帕给我们擤鼻涕、洗脸；她们给我们做饭吃，夺走我们手中捡来的食物，有时是甜品，有时是零食；她们让我们停止大喊大叫，督促我们写作业，

---

① 水手辛巴达：《天方夜谭》中的巴格达富翁，曾七次冒险航海。

因为我们迟早会重返校园。爸爸在手机上指着我们越过的边境和我们正在穿越的地方，给我们展示要去的那个国家。我们在想什么？难道我们会拥有永不结束的假期？正因为这趟旅程终会结束，所以再次启程去往那个国家之前，我们这群孩子才会在我们暂留的地方，成天像脱缰的野马一样瞎折腾。

可笑的是，途中我们从来没有在城市逗留过，甚至见都没有见过城市。公路附近没有住宅区，火车经过的地方辽阔无垠、一片荒凉，火车外面除了沙漠什么也没有，似乎只有我身边挤满了人。火车里载满了我们这样的人，我想，也许只有我们这样的人才一直在漂泊，一直在逃亡。因为我们待在一起，有些孩子成了我的生死之交，我常常和他们一起打发时间。我不会留意中途的停靠点，除非我们要下车立马换成大巴离开，仿佛有一只巨大的手正把我们推离家乡，越推越远。

爸爸说，一切都会好起来，我们人多势众，只要我们团结一心，没有人能驱逐我们。因为我们正去往自由和正义的地方，在那里，像我们一样从战火中逃出来的人都会受到欢迎。

这一切都历历在目，因为那时我已经十岁了，明白发生了什么。但弟弟只有六岁，他总是问"什么时候"：我们什么时候到，什么时候再次动身，什么时候能见到奶奶和姑妈，什么时候能住进新家。妈妈有时会回答他，有时却皱紧眉头，紧闭双唇，一句话也不说。爸爸说："我们要有信心。"

后来，火车停在了一处边境，那里有许多武装警卫把守，他们不愿让我们通过。他们表情严肃，说的语言我们也听不懂，就像我小时候玩的电脑游戏里的星际机器人。把我们带到那儿的几个头目说，我们趁着黑夜，总能通过警卫把守的围墙。我们只需要分散开来坐在地上，零零星星地通过，越境之后，再到一个地点集合，就可以乘上早已在那儿等待我们的卡车，沿着一个对我们毫不关心的国家的边境，开始新的旅程，这也是最后一道难关，之后我们就自由了。

那个可怕的夜晚，皓月当空，空气和大地仿佛被皎洁的月光冻成了寒冰，显得格外凄冷。我们默默行走在高高的草丛间，月亮圆圆的脸盘上带着戏谑，一动不动地盯着我们，好像故意把月光洒在我们身上，好让敌人发现目标，逮捕我们。因此，那些守卫根本不需要开手电筒，就把水狠狠地喷在我们身上，我们在地上翻滚，水泵发出的巨大噪声，甚至盖过了我们的尖叫声。接着，有的警卫用棍棒殴打我们，有的警卫追赶逃跑的人，有的警卫把我们聚在一起，命令大家双手抱头，趴在地上。月光在空中冷眼旁观，如同一盏明亮的追光灯，为警卫指明方向：在那儿，在那下边，还有其他人，抓住他们，别让他们跑了！

妈妈在我身旁喘着粗气，紧紧搂着哈里德，爸爸一只耳朵上沾满了鲜血，他嘴里不断重复，我们要团结，我们要冷静。我听见妈妈的手机在衣兜里振动，她取出手机看了看屏幕，然后递给爸爸。爸爸点点头，让我们站起来，一起退回了边境线上。许多人和我们一样都淋湿了，也有不少人像爸爸一样挂了彩，就这样，我们一直坐在这座海关建筑前等待。第二天，来了几辆大巴车，它们在警卫的眼皮底下载着我们越过了边境。我们当中有人挥手告别，因为我们再也不会回来了。

现在想想，也许是我搞错了，可能并不是第二天，总之是在那个亮如白昼的夜晚之后没多久。但手机短信这回事儿我十分确定，因为确实有人在远方指引我们，帮助我们。那些在乎我们生死的兄弟朋友，时刻关注着我们的一举一动，他们通过我们手机的 GPS 定位，为我们引路，告诉我们哪里是安全的地方。数千个手机屏幕一起亮着，如同点点繁星在黑暗中闪耀。因此，对于我而言，星星是我的朋友，它们像心脏跳动般一闪一闪，温暖了整个黑夜。

10. 流星

　　"阿曼德。"都德坐起身叫阿曼德。阿曼德迟疑了一会儿，向都德走去。"来呀，和我们一起躺这儿。"都德邀请他。

　　"我站着就好。"阿曼德说。

　　"可你像根竹竿似的杵在这儿，我们觉得很别扭。"都德愉快地说，"至少你坐下来吧。"

　　"好吧。"阿曼德说着，在其他人身边坐下。

　　"你也睡不着吗？"娜塔莎问道，她支起胳膊，撑在地上，抬起头正好对着阿曼德。

　　"我听到瓦尔特出来了，又看见塞尔乔也不在，房间里只剩下玛伍了。"

　　"除了队长他们，所有人都醒了。"都德窃笑。

　　"希望如此。"琳话中带刺，"要是他们来了，没准会给我们好好上节天文课。"

　　"那还挺好的。"瓦尔特说。

　　"才不呢！"都德回击瓦尔特道，"你知道那有多无聊吗？"

这时，传来一阵沉闷的声音："你们怎么回事，就不能喊我一下吗？"口香糖轻轻踢了琳一脚。这责备的举动让琳感到厌烦："我又不是你的保姆。"

"可是……我一个人待在房间里，你们却在外面潇洒。"

"潇洒什么呀！"都德说道，"躺地上吧。"

"谁有啤酒吗？"口香糖问。

"你以为这是在家啊，我们到哪儿去找酒？"琳反问她。

"你们这对好朋友真有意思。"都德说。

"那，你们都聚在这儿干吗呢？"口香糖没有理会都德，继续问。

"我们看星星啊。"瓦尔特说，黑暗里他觉得自己更加自信。

"就只是看星星？"口香糖有些失望。

"其实我们在制订一个特别的出行计划。"都德宣布。

"去哪儿？"口香糖问。

"如果娜娜告诉我们怎么从院子里出去，也许我们可以去山洞那边转转。你们说呢？我还没去过山洞呢，还挺好奇的。"

"你疯啦？跑来院子已经是一笔账了，逃出去这账可就算不清了！"娜塔莎说。

"星星，现在两点半，我们至少有一个小时的时间，来回都不会有人注意到。我要是你的话，就把睡得美滋滋的男朋友丢在这儿。"

"耶，我同意！"口香糖兴奋不已。

"但是去山洞里干吗？"塞尔乔问。

"你要是不愿意，就别来。"都德回答，但这时，所有人都站起来了。只剩下躺在地上酣睡的马克西姆，还有弗兰，她蜷缩成一团，似乎在喃喃自语。

"琳给我们带路。怎么样，琳？"都德提议。

琳粗暴地回答："可以，不过你可想清楚了，要是队长发现了，看谁给你们擦屁股！"

"包在我身上！瓦尔特，可以把手电筒借给我们吗？"

瓦尔特把袖珍手电筒递了过去，LED 灯照亮了庭院，娜塔莎为大家指路："那儿，草丛里有条小路，有点窄，你们要小心仙人掌。"

"星星，你什么时候发现这条路的？"都德很惊讶，语气里充满了赞赏。

"我从沙滩上看到的，不是只有你才眼尖，知道吗？"

他们朝着那条几乎看不见的小路走去，离开了庭院，把马克西姆和弗兰留在了身后。

"你怎么记得路的？"娜娜问琳。

琳耸了耸肩。都德代替她回答："她已经轻车熟路了，我们忍受那个甜蜜的纪录片，讲世界上最幸福的家庭的时候，她就跑回山洞去了。"

"我喜欢卢齐奥的那部片子。"娜塔莎回应，"看来，这世上还是有真正幸福的人啊！"

"是啊，可不是嘛！所有人都会在高兴的时候拍视频，我倒想看看冬天他们在灯塔里的模样……想象一下，要是你们一直待在这里会怎样？"

"我可以在这儿生活下去。"瓦尔特马上说。

"不可能！"都德几乎是喊出来的，"你没意识到这附近荒无人烟吗？从离这儿最近的公交站台走过来，我花了一个半小时。瞧着吧，你要待在这肯定会无聊死的。"

"这得看你做什么。卢齐奥就很幸福，这家伙挺能干的，家庭也很幸福。"娜塔莎反驳他。

"星星，你就信吧。这就好比你跟朋友自拍的时候，大家都会笑。"

"但这是他的工作，他喜欢。"阿曼德说。瓦尔特也跟着说："很多工作都是这样，你必须待在一个与世隔绝的地方，比如台地或者天文台。"

"说得对，不是说什么时候身边都要有一群人 。"口香糖说。

"我靠，你们倒是团结一心跟我对着干啊。"都德说。

"没有，这次我站在你这边。"琳脱口而出，"卢齐奥在这儿过得挺滋润的，但是他女儿呢？我觉得维塔经常和某个人去山洞里面。"

"谁知道她和谁，肯定是男人。"娜塔莎评论，她继续说，"片子里除了他妻子和孩子，其他什么也没有。哦不！还有那只狗！"她窃笑了一声。

"为什么一定是情人？说不定是女性朋友，不是吗？"都德挑衅地问。

"朋友？什么朋友？她住在哪儿？你说过到这里来很麻烦的。"娜塔莎说。

"那情人又住在哪儿？难道是渔夫？海盗？"都德反驳说。

道路越来越宽，大海映入眼帘，周围的天空重新变得辽阔起来。山洞所在的岬角看起来如同海上的一堵高墙，大海在脚下轻轻呼吸，似乎它也酣然入睡了。

手电筒照着路，琳开始攀爬石梯，为大家开路。

"这跟攀岩一样。"都德感叹，"这掉下去肯定摔得粉身碎骨。"

"上次来，队长们把我们都捆起来了。"娜塔莎说。瓦尔特纠正她："不是捆起来，只是给我们系安全绳而已。"

"可现在什么也没有。"口香糖说。

琳停下脚步，大喊："所以呢？你们不想上来啦？"

都德面对倾斜的峭壁，抓住凸起的岩石向上攀爬。口香糖紧跟其后，瓦尔特也开始向上爬，他转身去帮娜塔莎，但娜塔莎已经自己爬了上来。最后一个往上爬的是塞尔乔，他不想一个人留在下面。

　　"哇，真是别有洞天啊！"都德一走进山洞，就惊叹不已，"我靠，这里也太酷了吧！"

　　"首字母在哪儿呢？"娜塔莎急忙问道。

　　"阿曼德，手电筒朝这儿照。"琳指了指。

　　灯光下，双尾美人鱼出现在墙壁上。和上次不同，她的一条尾巴旁边多了一个字母"V"，另一条尾巴旁边则多了一个字母"M"。

　　"哇！琳，你真是太厉害了！"口香糖激动得大喊。

　　"你怎么知道这里有首字母的？"瓦尔特问。

　　"这里有颜料的痕迹，我之前回来过一次，把颜料外面覆盖的灰泥刮掉了。"琳解释说。

　　"你是说这些字母之前被遮住了？"瓦尔特猜测。

　　"我们到这儿都成侦探了。"都德说。山洞的景观深深地吸引了他，他不停地在里面四处转悠。

　　"是啊，我觉得有人在字母上面刷了白灰，就是怕人看见。"

　　"有人刷了白灰？谁？"娜塔莎问。

　　"你去问问就知道了。"琳回答。

　　"那么……你们进过这里吗？"都德指着一个入口问。

　　"我们只进过主道。"瓦尔特回答，"一直通到山洞里去。"

　　"这里不行吗？"都德追问。他掏出手机，打开了手机的手电筒。

　　"你怎么有手机？"娜塔莎问。

　　"反正也不能打电话。"都德说，没再做其他解释。他照亮了入口，里面仿佛是主道的支路，看起来更狭窄，"像一条走廊。"他说。

　　所有人都聚在入口前，瓦尔特把手电筒的灯光照进洞中。"是一条通道。"他说着，灯光又朝深处探了探，"卢齐奥没有告诉我们还有一个洞口。我们只进过主隧道。"他大声说，而其他人都在东张西望。

他们向里走了几步，口香糖告诉大家："我不会往里走太远，这条路有可能跟另外那条一样，尽头就是悬崖。"

"可是我觉得这就是一条支路，出去可能是另外一个入口，就是卢齐奥说的那个从地面进去的入口，你们记得吗？"瓦尔特提醒大家。

"不记得了，我又不像你，老跟在人家屁股后面。"娜塔莎说。

"你说是就是吧。"口香糖说。

都德和琳一言未发，仔细观察着墙壁。

"你们在看什么？"塞尔乔顺着他们的目光看去。

"在这儿！"都德惊呼。

"哪里？"琳赶紧转过身去。

"这里，你们看！"都德大喊，他把手电筒对准墙壁上的一块凹陷，上面刻着一个名字："维塔"，名字下面，赫然有一行字：我爱你。再下面还有另外一个名字。

"马蒂亚。"大家异口同声地念道。

"我靠，你们猜对了！是恋人！"都德目瞪口呆。

"可是他们到这里来干吗？"塞尔乔天真地问。

"嗯，你觉得他们想干什么？……"都德说，但又突然停顿了一下，"不过确实，为什么偏偏要选这条通道呢？"

"也许他们要去某个地方，只是路过这里。"琳猜测。

"奇怪，如果他们在这儿，这个紧挨着灯塔的废弃山洞里见面，为什么又要浪费时间去其他地方呢？"娜塔莎分析说。

"是啊，看来这方面你很懂。"都德说。

"那为什么偏偏要在这儿刻这些字呢？"琳又问。

"好吧，在约会的地方写上爱情宣言再正常不过，不是吗？"都德又说。

"应该白天的时候再来一次，到时也许可以走一走这条通道……"塞尔乔说。

"我觉得队长他们应该不会同意。"阿曼德断言。大家也纷纷表示赞同。

"总之，要是能再来是再好不过了。"娜塔莎提醒大家。

他们回到入口处，互相帮扶着走下了石阶。终于走到了斜坡下，瓦尔特不由得望了望星辉闪烁的天空。"看！流星！"他伸手指向天空。

"应该许个愿。"都德又活跃起来，开心地许愿说，"希望我们不要被逮住！"

"其实这只是一种大气现象……"瓦尔特开始向大家讲解，但娜塔莎打断了他："拜托，别让我分心！"

"分心什么？"瓦尔特问。

"闭嘴！我要许愿！"

"啊，那儿还有一颗流星！"塞尔乔指向天空提醒大家。

"什么？得了吧，那是飞机。"瓦尔特纠正他，他举起一只手，沿着飞机清晰的航迹描画，"看见没？它沿着航线……径直飞过去了。"

"我们最好还是回去吧。"琳边走边说。

大家伙儿跟在她后面，继续热火朝天地讨论天空和地球。

"从天上看，地球空空如也，似乎一个人也没有。"瓦尔特说。

"因为太黑了，灯塔也熄了。"阿曼德说。

"不是的，因为一旦离开地面往下看，我们就小得跟蚂蚁似的。"

瓦尔特回答。瓦尔特的语气欢欣、愉快，他很开心能在队伍里谈论自己感兴趣的话题，大家似乎也听得很认真。

"是啊，从摩天大楼上往下看，也看不见人。"塞尔乔表示赞同。

"我看过一部电影，在里面，地球上几乎是荒无人烟。"瓦尔特继续说，"真是想不到，我们以为自己不可或缺，然而在这星球上，我们就像微生物，压根无法被看见……"

"说得多好啊！"都德闷闷不乐地感叹。他一边走，一边紧紧盯着飞机若隐若现的灯光。飞机疾驰而去，消失在黑夜之中。

11. 来自飞机上——维塔

天黑了，灯塔的光也熄灭了。一切都变得难以辨认，连家也看不见。但我记得是那个方位，那里曾有我的身影。三十年前，我只有十一岁，爸爸把我们带到了那片海岬。那里美轮美奂，是我去过最美的地方。我敢保证，就连加勒比群岛和印度尼西亚海岛也比不上那里。

住在灯塔里的确是个好主意。在那里生活，意味着可以避免一大堆麻烦。卢齐奥就有不少麻烦，他要付许多账单，却从来没有一份稳定正式的工作；他不挣钱，却有许多想法。而妈妈就像一只忠犬，盲目地跟随爸爸。他们是理想主义者，直到现在他们仍然是，他们坚定不移地相信这句话"真爱至上"。多美的句子，然而只适用于他们两个人。卢齐奥是个长不大的小伙子，永远满怀激情。灯塔于他而言，就是彼得·潘的小岛，一个充满魔力的地方，没有别人会来这里。没有啰唆的亲戚，只有几个朋友夏天可能会来。他们拍拍卢齐奥的肩膀，对他说："你真是个传奇人物！"

传奇人物，是啊。他不甘屈于平庸的工作，他勤劳灵巧的双手什么都会做，修理工、木匠、电气工，总之他做手工活十分有天赋。

毫无疑问，看守灯塔是他生命中最美好的机遇。没人愿意生活在这里，更别说带着家人一起来了。可他突然得到了灵感，他是这么说的。我们那时一贫如洗，但在灯塔里，我们却觉得自己十分富有。在这片荒无人烟的沙滩上，似乎全年都是假期。我本来患有哮喘，但在这里很快就痊愈了。我们刚到灯塔时，正值夏夏，而夏天仿佛永远都不会结束。那时大海变成了灰色，潮水疯狂上涨，雨水冲垮了路基，汽车驶过时仿佛在过河。泥浆溅在汽车的挡风玻璃上，妈妈开怀大笑，就像跳进泥潭嬉戏的孩子。这里不再有糟糕的季节，不再有日日幽禁我们的高墙。即便是冬天，天气晴朗时我们也能泡在水里。在那里，我们全家人再也没有生过病。

我确定，那时候我很幸福，那种幸福已经深深烙在我的心底。我离开了那些城里的朋友，可我并不想念他们，我上学的小镇离灯塔有半小时的车程，在那里，我结识了新朋友。我是"城里人"，因此对他们来说，我格外"珍贵"。他们问我更喜欢这里，还是更喜欢城市。我毫不犹豫地回答，这里。

我从来没住过灯塔这么美的房子。我第一次拥有了完全属于自己的房间。弟弟妹妹还太小，没办法单独睡觉，于是他们又在同一个房间住了好几年。但对我来说，梦想成真了。我什么也没有，只有一张卢齐奥做的床，一个用船底做成的没门的衣柜。可是，我尽量让房间变得与众不同：贝壳装饰的画作、彩色的松果、蜡染的花布，还有我和妈妈一起手工缝制的枕头。在我家，一切都自给自足。

可是，天有不测风云，我想，对我而言是这样的。我那时十三岁，之后得去一所很远的学校读高中。卢齐奥说，也许没有必要继续上学了。他说，他会考虑这个问题，夏天之后的事，他自有主意。

然而随之而来的，并不只是一个主意那么简单。

我长大了，不再和弟弟妹妹玩，常常独自一人待着。有时我会去找一些朋友玩，但是从灯塔到村庄路途遥远，妈妈不情愿地说陪我去，可我宁愿一个人去。走路可以帮我整理思绪，到达村庄时，心情往往会比出发时好很多。因为那段日子，我的心情不再总是晴朗，住在那间被大海束缚的房子里，有时我会感觉很阴郁，好像自己被困在监狱里。我没什么事情可做，只能看书、画画、听听卢齐奥的老唱片。怒气涌上心头时，我就试图靠走路来平息心中的怒火。

我不像卢齐奥那么心高气傲、特立独行。相反，我再也体会不到那种自由的感觉了。住在这里不是我的决定，而是父母的选择。晚上我们一起吃饭时，妈妈问我怎么了，我回答："没什么。"要是卢齐奥刨根问底，我依然会说："没事，真的没什么。"我忍住抽泣，起身走到卫生间，把门反锁。事实上，我也不知道自己到底怎么了。显然是我的错，全家其乐融融，只有我一点也不快乐。

我走在土路上，常年不歇的劲风会吹干我脸上的泪水。春天来临，天气不热，但很潮湿，夜里要套上毛衣，睡觉时得盖上被子。灯塔里没有暖气，但房间里有电暖炉，厨房里还有大壁炉。我总是觉得很冷，于是穿着厚厚的手工羊毛袜和厚重的毛衣在家里转悠。卢齐奥和妈妈经常取笑我，说我是冷血动物。

有一次从村庄回来的路上，我正怒气冲冲地走着，然后遇见他。狂风抽打着我的头发，我把自己严严实实地裹在冲锋衣里。

摩托车放慢了速度，向我靠近，但我并没有停下脚步。

"打扰一下。"他说，我依然没有停下。"嘿，打扰一下，我只想打听一件事。"我没有回答，走得越来越快。

他熄掉发动机，跟在我身后大声问："我只是想知道加油站在哪里。"

"再往前。"我大声回答，继续朝前走。

"好嘞，太谢谢啦！"他大喊。

我惊慌失措地跑开了。但我没跟任何人说，有人想和我搭讪。也许是因为害怕妈妈知道后会开车接送我。也许是因为我知道，那个男孩并不是什么跟踪狂。他也可能是在路上向我示爱，只是我没发觉而已。

然而第二天，我又去了村庄，第三天，我又去了。我借口学校里有事情，每天都在外面走好几公里路。低云孕育着雨水，风一如寻常，四周仍是一片荒芜。一个星期后，我又遇到了那辆摩托车。我举起手，他停了下来。

"怎么了？"他问，并没有和我打招呼。

"嗨。我只是想和你打个招呼，你找到加油站了吗？"

"你觉得呢？"他回答道，然后语气变得温柔，"很抱歉，那天吓到你了。"

"不，该说抱歉的是我，那天是我太粗鲁了。"

他笑了起来。就是那时，我发现他长得很帅气。他有一双深色的大眼睛，牙齿洁白无瑕。"粗鲁。"他重复一遍，似乎觉得这个词很滑稽。"不要紧，我找到了加油站。我觉得这里真不错，只要这破玩意儿还能用，我每天都会来。"他拍了拍油箱。摩托车已经很旧了，像一口大锅，咕咕冒着尾气。

"唉，总比什么也没有好。我只能走路……"我说。之后说了什么我就不记得了。我们就这样有说有笑，互相看着对方。回家后，似乎一切都发生了变化，我觉得自己十分轻盈。我一整夜都在想他。他，马蒂亚。

马蒂亚，马蒂亚，我一个劲儿地重复着他的姓名，把它写进日记，写在笔记本上。我嘴里念着他的名字，品味其中每一个字眼儿，它们就像蜜糖一样，融化在我的心田。马蒂亚。

他在加油站工作，下午很早就开工，一直工作到傍晚。我那次遇见他，是他第一天上班，他正赶着去报到。多巧啊！其实他知道加油站在哪里。他看见我一个人大步流星地走着，看见狂风巴掌似的掴在我的脸上，便停下来，找了那个拙劣的借口。他想近距离看看我，认识我，想知道这个孤独的女孩从哪里来，往哪里去。这是他之后来向我坦白的。

于是我对他说："看来我没想错，你就是想和我搭讪！"

他没想到我住在灯塔里，我也没想到，他住的农场离我家十几公里。每个家庭都是一个独立的世界。

他初中毕业后就没再继续读书，因为他没钱去城里读寄宿学校。他在父母的农场里埋头苦干，后来又到镇上工作，补贴家用。在这之前，我们从来没有见过他。他比我大一点，他初中毕业的时候，我刚上初中。他对我说，他没想到灯塔里有一条美人鱼。我回答，我也没想到，原来我的爱情竟然近在咫尺。

这些话我记忆犹新，因为说完以后我们就接吻了。当然也可能是吻完以后说的。那是我们第三次见面，这点我很确定。我们已经开始约会了，很明显，我们两人都渴望那个吻。

从那以后，家里的其他人仿佛都消失了。更准确地说，他们就像变成了电影背景。我能看见他们，和他们一起吃饭，给他们帮忙，然而，在家里来回走动的仿佛只是我的影子，真正的我正和马蒂亚在一起。白天，我每时每刻都在思念他，夜晚，他便来到我的梦里。我想念他的大眼睛，想念他柔软的嘴唇，想念在冲锋衣下抚摩我的那双炽热的手，想念他紧紧包裹住我的高大身躯，还有他的笑容，他说话的方式——我不一样，我从不说这里的方言。刚过中午，在他上班之前，我们会见面，我非常期待这段时间。我常常心不在焉，表情怪异。妈妈说我恋爱了，但我死不承认，也不告诉她是谁。我胡编乱造，说迷上了一位歌手，她也假装相信了。

在马路上，或者躲在灌木丛后碰面，我们能相处的时间太过短暂，不能继续这样了。因此，我和马蒂亚必须找一个合适的地方见面。我知道要去哪里。有一个特别的地方，特别适合我们俩。我把他带到那个废弃的山洞，那里变成了我们的家。夏日滋养了我们的爱情，它成长、升空、飞翔。他晚上下班后，我们就开始约会。我们在山洞里碰面，我从海边那个古老的登岸处过去，他从隧道过来，这条隧道从村庄不远处的一个古老的洞口，一直通向登岸处。终于这里只有我们两个人了，我们紧紧拥抱在一起。我十三岁半，他十六岁，我们之前都没有做过那件私密的事情，我想，正因如此，这一切才会如此简单而自然、美妙而独特。也正因如此，之后我再也没有过那种兴奋的感觉，再也没有。那晚，我们发誓两个人要永远在一起，可那样的夜晚也再没有出现过。

然后，卢齐奥来了。

我只是个天真的小女孩，陷入了热恋，完全没有意识到父母在监视我。妈妈想找到我的日记本，但我一直很谨慎，把它带在身上。她发现我经常消失，我说自己迷恋上了一位歌手或是一位演员，但这个回答并不能让她满意。虽然我升到高中有推荐信，成绩十分优异，但妈妈仍不满意。还有卢齐奥！他开始跟踪我，窥视我。他发现我有一个男朋友，一开始他以为只是小孩子过家家。他看见我们在路边拥抱，于是把这事儿讲给妈妈听，他们都开怀大笑。

然而，一天晚上，卢齐奥跟着我到了山洞。我实在是太天真了。我放松了警惕，肆无忌惮地出了门。我习惯了，愚蠢地以为自己是自由的。手电筒照向我们，我大声尖叫，马蒂亚像弹簧似的猛地跳了起来。这种侵犯让我们感到恐惧。

卢齐奥在光束后面命令我们："把衣服穿上！"

我认出了他的声音，变得更加恐惧。

卢齐奥咆哮如雷："不知羞耻！"

马蒂亚问道："这是谁啊？"

我大喊："是我爸爸，你快跑！"

他沿着隧道逃走了，没留下一句话。

卢齐奥说："真是个懦夫。"

回家的路上，我号啕大哭，眼泪不停地流淌。爸爸在我旁边，什么也没说。他把我押回房间，锁在里面。

我的未来很快就确定了。我注册了一所寄宿学校，两个星期后动身，在这期间，他们不让我出门。

四个月后，我回到灯塔过圣诞节。他们觉得我已经忘记了，已经释怀了。然而无论如何，他们还是紧紧盯着我。我不可能一个人出门，去村庄，甚至连散步都不行。我返回寄宿学校，又过了好几个月才回家。卢齐奥告诉我，马蒂亚不在加油站工作了，他父母把他送到了一家合作社打工。

失去了马蒂亚，我的心支离破碎。情窦初开的我就这样失去了爱情。我歇斯底里地与父母争吵，冲他们咆哮。我说，我永远也不会原谅他们。这不是一个小女孩愤愤不平的反抗。我真的从来没有原谅过他们。

十六岁时，我去国外待了一年。踏上飞机的那一刻，我才知道我该选择什么道路。我应该离开那里，不管是地上还是水里，都不要再有束缚了。我进了一所军校。当妈妈知道我申请了军校时，她觉得这很奇怪，可实际上这并不稀奇，也不少见。对我来说，这很完美。

卢齐奥一直说自己讨厌军人，而现在，他家里就有一位。放假的时候，我穿着制服回到灯塔，他紧紧盯着我，看我骄傲地穿着制服，就用挑衅的语气问我军队生活。我自重吗？军队里不都是男人吗？有霸凌的情况吗？我没有回答。他又问我学校里的生活，我讲了黎明时分的操练和有助于集中注意力的规章制度。我对他说，那里的生活和家里没多大区别，我很喜欢。妈妈和他意味深长地交换了眼神，但他们忍住没有吭声，他们不想吵架。卢齐奥小声说，我会受不了的。也许这话只是我自己想象出来的。

我坚持了下来，但他们却没能坚守在灯塔。妈妈告诉我，他们要搬家了，一切都结束了，那时候，我已经成了少尉。他们的梦维持了大概十五年，现在灯塔不再需要守塔人了。妈妈固执己见，他们想继续留在那里生活，想请律师打官司。

"妈妈，世道变了。"我对她说。

我知道，我才是最固执的那个人。妹妹和未婚夫住在一起，在村庄里一家刚开张的超市里上班。弟弟整个夏天都在海边的码头工作，和父母一起生活，他还在上学。他们所有人都觉得天塌了，而我却已一切就绪，准备及时飞离地面。

刚可以转业，我就签了退伍申请书。我参加招聘，进了一家航空公司。我知道，空军飞行员的分数是最高的，因为我们更可靠，更安全。

有时候仍然会有人问我，作为女性会不会有什么不便。我回答说，我是一名军人，什么问题也没有，只有民营航空公司的飞行员才会遇到大麻烦。我才不会和那些可怜的女人一样，落入自我牺牲的圈套，正如我的父母，他们坚守自己的理想——在一个世外桃源靠爱情和自由生活。

有人对我说，说到底，我还是走了父母的老路，因为我选择了空中的道路，脱离了世俗的大地。有意思，真是感人至深。对我说这话的男人，我并没有把他太放在心上，他只是我交过的众多男友中的一个。

有人试着理解我，给我建议，但我明白，他们和你说些特别的话，只是想让你记住他而已。就好像是想把你关起来，然后占有你。就算我选择天空真的是为了逃离，那我的目的一定既不是自由，也不是爱情。自由是虚妄。至于爱情，我说过，它是我的身体丢失的一部分，我再也没有遇见过。写诗也是，孩童时期我写过诗，妈妈后来找到了那些诗，勾起了我的回忆。我不是真正的诗人，写诗只是我抵御孤独、拥抱世界的方式。作家，诗人，不会是惊慌失措、没有主见的孩子。他们懂得创造世界。

12. 黎明

朱利奥踏出门槛，差点尖叫起来。院子里躺着九个人，有的把运动衫的帽子拉下来，盖住了眼睛，还有的蜷成一团，一动不动地侧躺着。这画面让他一时有些不寒而栗，这很像科幻电影或者恐怖电影里的场景：九具死尸聚集在矩形空间的中心，头顶是淡蓝色的光，如同超自然光束那样极具杀伤力。

朱利奥慌张地用手捋了一下头发，试图把这糟糕的联想赶出脑海。他暗暗咒骂了一声，心想，自己怎么会一点也没察觉到呢！昨天晚上，他没有喝酒呀！至少，如果那里只躺着一两个人还情有可原，可是一半的孩子都在院子里光秃秃的石头上呼呼大睡。发生什么了？一场精心策划的秘密聚会？一半的人都在那儿，谁知道发生了什么。他们喝酒了？喝的什么？

朱利奥小心翼翼地靠近他们，依然半信半疑，他俯下身，听到孩子们发出低沉而规律的呼吸声，这才松了一口气。他猛地直起腰来，害怕会有什么意外，确定了他们确实活着，睡得香甜时，他才松了口气。他再次问自己，这一切是怎么发生的？因为自己粗心大意，因为自己不够负责，导致超过一半的孩子都在外面过夜，为此，他感到非常懊恼。幸好，他们都是好孩子！是啊，他们还小，所有人一起睡在那里，多么有爱。朱利奥露出微笑，觉得他们还只是小孩子而已，再一次为自己睡得像石头一样不省人事感到自责。他和两个同事沉浸在睡梦中，根本不知道外面发生了什么事，真是不可原谅！

于是，他赶紧转身走开，慌慌张张地叫醒两位女队长："快出来，快点！你们快来看！"他低声说。

罗贝塔和玛丽安娜被朱利奥吓了一跳，从床上一跃而起，把披肩和围巾搭在肩上，蓬头散发，赤着脚穿过走廊。看见这群少年时，她们纷纷用手捂住了嘴，好让自己不叫喊出来。天空中渲染着玫瑰色的晨曦，似乎马上就能被点着，天空下，少年们一动不动地躺着，如同戏剧里的画面。

三位队长交换了一下眼神，困惑不解，无声地互相询问，他们怎么会在这儿？这时，有人动了一下。

都德睁开双眼，坐起了身："天！"他失声大叫。他睡着了，忘记及时回去，其他人也和他一样。大家都在外面睡着了，没有人回到房间，就好像流星让他们醉倒了。三位队长惊慌的眼神落在都德身上。

"天哪！"都德做出一副无辜的表情，拽了拽琳的胳膊。琳睁开眼睛，眨了眨，嘴里嘟囔着什么。

"早上好。"朱利奥严肃地打了个招呼。

听到这声音，琳立马用手肘撑起身体，然后又重新躺下，双手捂住脸，暗自咒骂。这时候，都德摇醒了娜塔莎，踹了马克西姆一脚，探着身体叫醒其他人。大家有的嘴里咕咕哝哝，有的只是翻了个身，有的则低声抱怨了几句。

"还睡，都睡成猪了！"都德感叹一句，声音不大不小，然后看向几位队长，把手举到半空中，耸耸肩，"要不你们试试。"他怂恿说。

朱利奥、罗贝塔和玛丽安娜双手交叉，皱着眉，看都德比画手势。朱利奥忍住笑意，问道："你们一整晚都在外面睡觉？你们约好的？"

"我们……"都德清了清嗓子，继续说："我们只是睡不着，就出来看星星了。"

"你们约好的？"朱利奥语气平和，重复了一遍刚才的问题。

都德挠了挠头，转身看向伙伴们。他们苏醒过来，个个都脸色不悦，大声地打着哈欠，伸展四肢。"没有。"都德回答。

"那是怎么回事？是谁带的头？"罗贝塔问，她似乎是三位队长里最惊慌的。

都德笑了一声，大概是觉得这个问题有点幼稚：是谁带头造反的？"当然是我了。我是第一个出来的，房间里太热了，朱利奥还打呼噜，我睡不着。后来又来了一个人，他也醒了……你们怎么这副表情？这是真的！"

"这不是真的，不好意思，请你告诉我实话。"朱利奥的脸色越发难看，"到底发生了什么，你们才会所有人都跑出来睡在石头上？"他提高音量，但都德依然面不改色，回答："大概就是我说的那样。"

"都德，你年纪最大。我请你摸着自己的良心告诉我，是你把其他人叫出来的吗？"罗贝塔近乎哀求地问。

都德坚守着自己的防线，不为所动："没有，我谁也没叫。是你们想得太多了，没有人密谋什么计划，我们每个人都是自发出来的，也许是昨晚吃得太多了……"

"拜托，我们可没跟你开玩笑！"朱利奥驳斥他。他看着这些少年，似乎并不相信都德的说辞。大家都醒了，目光呆滞地盯着朱利奥，就像第一次见到他似的。他的眼神中有一丝恐惧，仿佛自己面对的是一群僵尸。他看起来有些绝望，继续说："可是你们没人说想看星星啊，不然昨天晚上我们就一起看了。而且我们也很高兴你们提出好的建议，你们俩说对吗？"

两位女队长纷纷点头。她们绷着脸，头发蓬乱，双脚赤裸，一看就是从床上跳起来就直接跑出来的，再加上黎明时分天气潮凉，她们感觉十分寒冷，双手都紧紧抱着身体。她们害怕控制不了这一小伙儿人，害怕在一帮孩子面前丢脸。都德突然萌生出一点同情，于是，他大喊："太棒了！真是好主意，这样你们可以教我们认识星星，昨晚我们一个也没认出来。"

"塞尔乔、瓦尔特、阿曼德……"孩子们一个个摇摇晃晃站了起来，玛丽安娜清点起人数，"琳、口香糖、马克西姆、娜塔莎……弗兰，你还好吧？你冷吗？"她连忙跑到弗兰身旁，弗兰赶紧摇摇头，"弗兰，宝贝儿，你睡不着怎么不喊我呢？"

"我挺好的，队长，真的真的。"弗兰小声嘀咕，右手紧紧握住左手腕。

"你们要去卫生间吗？小点声，你们的同伴都还在睡觉。"玛丽安娜试图让自己发挥点作用。

"队长，我可以回床上再睡会儿吗？"塞尔乔问。

"可以，但是我不管你们累不累，也不管你们是不是站着就能睡着，八点我会准时叫你们起床。"朱利奥宣布。

少年们准备一路小跑赶回房间时，有人不满地嘟囔了两声，但声音很小。

娜塔莎一副痛苦的模样，呜咽着说："对不起，队长，或许我们是做错了，但我们什么坏事也没干。"

"谢谢你告诉我，娜塔莎，现在我更加放心了。"朱利奥讽刺地说，"八点准时吃早饭，今天要出发去公海。"他搓搓手，为了让自己安心，又补充一句，"一切都会很顺利的。"

第三周

1. 在海上

"大热天的，我们在这儿做什么？"都德压低帽檐，抱怨道。

他们租的大橡皮艇漂泊在海中的某个地方，少年们坐在艇上，等待着看海豚。朱利奥把船转了几圈，让船划出一朵朵小浪花，想以此吸引海豚，但连个影子都没见着。"海豚喜欢追着浪花跑。"他不断重复这句话，完全无视事实。

"我们就等着海豚来吧，它们每天这个时候都会经过。"玛丽安娜回答，然后继续查看电子航海图。

"那我们什么时候游泳？"娜塔莎问。

"我才不会跳进深海里！"黛恩德蕾马上抗议。

"为什么不啊？你老是破坏气氛！"娜塔莎有些生气。

"其实，我也想跳水。我们都下水吧？"塞缪尔插了一句，他已经迫不及待了。昨天晚上，那么多人都溜出去了，却没有人叫他，他觉得自己被孤立了，非常生气。所以，从早上醒来到现在，一直吵吵嚷嚷，捉弄大家，一会儿偷走娜塔莎的帽子和玛莉卡的毛巾，一会儿给谁一肘子，或者踢上一脚。但就是没找都德的碴儿。

大家乱成一锅粥，朱利奥尽量让他们安静下来，心平气和地说："不行，大家听我说，现在不是游泳的时候，再等一会儿。海豚应该很快就来了，几分钟前信号就显示，它们离我们没几英里了。"

孩子们嘀嘀咕咕，朝着平静的海平线望了一小会儿。朱利奥站在船舵后面，甚至用上了望远镜。

"现在呢？"塞缪尔大声嚷嚷，"一条海豚也没有。伙计们，我可下水了！"

"你安生点儿吧！"罗贝塔很紧张，尽量让他安静下来。

少年们焦躁不安。很明显，昨天晚上在外面的那一帮人，现在结成了一伙，而有些没去的人，就处处和他们作对。尤其是塞缪尔，他从一开始就很蛮横，结果被排挤，甚至连"神秘探险"都不知道，因为举行"庭院派对"的那伙人压根没告诉他。他一知道昨天晚上哪些人去了，就开始找他们麻烦，一会儿捉弄塞尔乔和阿曼德，一会儿挑衅马克斯，还狠狠地瞪着娜塔莎。

"烦死了！我们在太阳底下烤了快一个世纪了，你们根本什么都不懂！"塞缪尔指责三位队长。

"你们都明白，我们是想让你们留下美好的记忆。"玛丽安娜语气平和地回答他，"你们要耐心一点。这是野生海豚，会到处游，不是受过训练的那种。"

"你在这儿大喊大叫，海豚都吓跑了！"马克西姆嘲笑道，他正在观察水面。

"你闭嘴！"塞缪尔转过身，食指指着他的鼻尖威胁他，"闭嘴！"

"天哪，我好怕怕啊！"马克西姆讽刺说。

塞缪尔突然向他冲去，罗贝塔一把拦住，站在中间，说："喂，孩子们，冷静一下。"

橡皮艇的另一端，都德坐在琳和娜塔莎之间，一言不发。手指按揉着太阳穴。

"你头疼吗？"娜娜关切地问。

"嗯，但就算疼，我也不会说。我知道。几位和蔼的队长肯定会说，是因为我晚上没睡觉。"他紧闭双眼，"我忘了带太阳镜！"

"用我的吗？"琳问他。

"让我试试。"

"我先声明，眼镜质量不好。"琳把太阳镜递给他，说，"但还能挡点儿光。"

"谢谢。"都德戴上太阳镜，抬起头，舒了口气，"的确不是很好，但我觉得还凑合。抱歉，那你怎么办？"

"我基本上不戴，我戴着不舒服。"她回答。

"怎么不舒服？"

"戴不稳，会往下滑，然后什么也看不见，还不如不戴。"

"哦，这样啊。"都德用他习惯性的语气说，"算我欠你一个人情。"

"你什么也不欠我的。"

都德声音沙哑地说："谁也不亏欠琳这个高冷的人。"

"我就知道，你总是捉弄我！"琳生气地说。这时，娜娜插话了："我说，你们是不是都看对方不顺眼？"

"老师，是她先找事的。"男孩捏起嗓子，用童稚的语气说。

"好吧，我什么也不说了。"琳沉下脸来。

这时，口香糖问她："琳，你有口香糖吗？或者其他吃的，我嗓子不舒服。"

"没有。"

"有人带口香糖了吗？口香糖想嚼口香糖。"娜娜举手问。

罗贝塔从挎包里掏出一个小盒子，扔给娜塔莎，说："拿了之后再丢过来。"

口香糖把小盒子扔了回去，塞缪尔像守门员一样，凌空跃起，抓住了盒子。场面再度陷入混乱，罗贝塔试图让大家平静下来。

塞缪尔把手里的小盒子当作自己的战利品，大喊："等海豚一来，我就喂糖给它们吃！"

"无聊，真幼稚。"都德嘀咕说。

"他要是听见了，肯定跟你没完。"琳小声对他说。

"是啊，他有用不完的精力。昨晚他在睡觉，没能跟我们一起去'摸鱼'，所以才在这儿找碴儿。"都德冷笑着说，然后他转头问娜塔莎，"星星，他知道你跟那谁在一起的事儿吗？"

娜塔莎耸耸肩："那是他的事儿。"

"那小子从早上开始就在挑衅马克西姆。晚上肯定会打一架。"

"那是他们的事儿。"娜娜不为所动。

"你不关心你的小马克斯吗？"

"喂，伙计们，你们在聊什么？"朱利奥问。

"没啥，伙计。"都德语气嘲讽地模仿他，"我们在说大海太漂亮了。要不咱们下水吧？"

"等等，再等会儿！"玛丽安娜在别处说。队长们神经都紧绷着，塞缪尔和马克西姆互相侧目而视，罗贝塔为了看住他们这队人，汗水直淌。玛丽安娜站在船中间，像马路中央的交警。

都德抬高声音："队长，琳想下水，还好我及时拉住了她！"

"谁？我？"女孩吃惊地指着自己的胸口。

都德跺跺脚，船轻轻晃起来。

玛丽安娜马上问："你干什么——"

朱利奥朝他们大声吼道："伙计们，都别动——"这时都德已经趁琳不备，抱住她的后背和大腿，将她举过船舷，扔进了水里。

琳尖叫一声，消失在水里。大家惊叫起来，橡皮艇摇得越来越厉害。三位队长马上行动起来。朱利奥脱掉 T 恤，准备跳下水，玛丽安娜飞奔到甲板拿救生圈，罗贝塔也立马站了起来。琳突然从水里冒出头，大口大口喘气，晃晃头，甩开脸上的头发。她挥舞着手臂，对都德破口大骂，橡皮艇上响起阵阵笑声和口哨声。玛丽安娜把橘色的大救生圈抛入水中，少年们站在船边，捧腹大笑，边拍照，边鼓励琳爬回船上。混乱中，都德举起双臂，以完美的姿势，扑通一声，跃入水中。船上又响起一阵尖叫、掌声和笑声。

"我恨你！"他一露出头，琳就骂他。

"别啊！我可帮了你大忙，继续待在船上，我们都受不了，不是吗？"他笑着说。

"我对你忍无可忍了！"

"过不了几秒钟，大家都会下水。"他命令似的说，"跟着我！"

"你省省吧！"她怒吼。

男孩手里握着智能手机，把耳机递给她："给，戴上。"

"哇，还有耳机呢！"琳模仿他的语气，"还是防水的呢！"

"那是当然。"说着，都德把耳机给她戴上。琳的耳边响起清晰的钢琴曲，这时同伴的尖叫、几位队长的呼声、海浪拍击橡皮艇的声音全都消失了。都德把手机递给琳，并示意她跟上。她的脑海里回荡着音乐，四周是空荡荡的大海，都德挥动着手指，让她跟上去。琳呆呆地愣了几秒，去哪里呢？

当然是水下。

2. 在水下——琳

虽然难以启齿，但我真的害怕深水，害怕对我张开血盆大口的幽暗深渊。我浮在水面游弋，以免看见双腿消失在黑暗中，甚至连想都不敢想。我气喘吁吁，但没有回船艇上，也没有去找救生圈。都德像一条鱼潜入水中，我想跟上他，但做不到，我一动不动地留在原地。我该怎么办？

这是什么音乐？一架钢琴在我脑海中演奏，音符极快地跳动。我看见船上的伙伴在挥手，叫喊，有人站在船边，打算跳下来。队长们难以控制局面，不一会儿，大家应该都会跳进海里。

我感觉自己抓住了一只手，于是挣扎着大声叫喊。那个疯子又冒出水面，哈哈大笑，示意我跟着游下去。"我不会潜水！"我大喊，声音盖过了耳中回荡的音乐声。

都德摘下我的一只耳机，说："睁开眼睛！"

"我不睁，眼睛火辣辣的，不行！"

"怎么火辣辣的啊？什么事儿也没有！听我的，睁开眼，往下看！"

扑通一声，有人跳进水里，传来一声尖叫，接着又扑通一声。

我听从了都德的话，睁开双眼，并没有灼烧感。我抓住他的手，仿佛一只小黄鸭，费力地向远处游去。随后，他浮出水面深吸一口气，身子往前一弓，双手像翅膀一样展开，如同在空中翱翔，径直向深海中潜去。脑海中的音乐随我一起潜入水下，就像电影中那样轻松自然。我深深吸了一口气后，张开双臂，翻了个跟头，脑海中的音乐仿佛一串笑声。我还在水面，而都德却像深海游鱼般在水下穿梭。我把手机放进泳衣，张开双手，他往我身侧一推，终于，大海拥抱了我，接纳了我……这令我很惊喜。

大海深处不是黑色的，而是和我小时候画的画一样蓝。海底照射出一束束光线，仿佛下面有另一片天，另一个太阳，而我是外星人，正在探索一个新的世界。我感觉快要窒息了，赶紧游回水面呼吸，然后又潜回水中。此时已经不见了都德的身影，但那架钢琴一直在我脑海里陪伴着我，急促的琴声催促我游进海里，让我身边的一切都变得美不胜收。天啊，我不再害怕了，什么也不怕了，我很强大，我还活着！心中的阴郁烟消云散，萦绕在脑中的忧虑被急促跳动的音符一扫而光，我的心中、脑中只有音乐声。在水下，我也可以存活。

我这个外星人学会了在水下世界游动。这次我在水下待得更久，我学着都德的模样，胳膊和腿像青蛙那样摆动。看，他游过来了，慢慢向我靠近，对我竖起大拇指。我喜欢他，他真的很帅气，身体半透明，头发漂游在周围，澄澈的眸子像是大海做成的。他是属于这个水下世界的生命，梅鲁希娜就是他。没人知道他是谁，他懂得很多事，隐藏自己的真实身份，躲在暗处观察大家，对自己的事却绝口不提。他让我变得疯狂，我从没遇到过这样的男孩。可当我到达隐藏他真实身份的秘密房间时，他却将我拒之门外，一旦我越过那扇门，他就会消失。

大海好像是他的家。我没注意到的那些体形微小、通体银白的鱼，他都指给我看，看到它们，我就很兴奋。难道鱼给我带来了快乐吗？还是说，我已经缺氧，快要昏迷了。我是这个地外世界的外星人，我看到了人们无法想象的东西。我看见鱼群向我靠近，它们眼睛圆溜溜，鱼鳞亮闪闪；我看见红黄相间的岩石和随着我脑海中的音乐翩翩起舞的植物；我看见一道道激光穿过大海，微小的生物在其中闪闪发亮；我看见身体湛蓝的都德化身为海豚。也许，也许我也正变成轻盈、自然、无忧无虑的海洋生物，幸福地在大海的怀抱里畅游。

忽然，有人猛拉了我一把，一只手抓住我的肩膀，将我拖向于我而言的黑暗——一道深蓝的边界，穿过边界，我重新浮出海面。刚呼一口气，脑袋就好像爆炸了一般，肺贪婪地吸着氧气，一直吸到难受，我才罢休。有人拽走了耳机，音乐戛然而止。我眨眨眼，发现我们浮上来了，重新浮在了深蓝色的水面。我感觉自己好似突然从睡梦中清醒过来。

"你疯了？"都德喘着粗气问，气息吐在我的脸上，"你刚才想干什么？"

"没想干什么。我感觉很好。"

他大口大口地吸气，没有了在水下时迷人的模样，面容因愤怒而变得扭曲。"你刚才游得越来越深！"他生气地告诉我。

我没告诉他，我刚才情绪波动起伏，自己好像一位宇宙战士，正穿越时空隧道，去往另一个星球。我没有说，我去那里是为了变成新的生物，一种完美的海洋生物，无忧无虑，只需捕食、玩耍、活着，然后游泳、旅行、活着。只有这样的生物，才能遵从自己的天性。我觉得自己在发抖，眼里噙满泪水，都德托住我，脸色柔和下来，语气变得十分温柔。

"来，撑着点儿，我们回船上，你放轻松，我带你上去。"他安慰我。

我冷得浑身发抖。重新呼吸空气的冲击力太大了，当宇航员重返有引力的地球，身体变回沉重的包袱时，大概也是这种感受吧。在水外，在户外的阳光下，我和都德变得丑陋而平庸。都德的头发好像黑色的虫子，水汪汪的眼睛变得黯淡无光，身体苍白瘦削，手臂和小腿上有两个淡黑色的文身，像是疾病留下的疤痕。

我哭了起来，他把我拉向橡皮艇，其他人在那儿有说有笑，戏水打闹。几乎所有人都下水了，包括几位队长。几个人套着救生圈，其他人在游泳，戴着泳镜以看清水下的情形，玛丽安娜和罗贝塔在周围游泳，像海豹一样小心看护这一行人。

弗兰和杰茜仍留在船上，一个坐在橡皮艇的座位上，跟往常一样裹着厚衣服，另一个正盯着我，都德把我扶上梯子时，杰茜赶忙来问需不需要帮忙："你怎么了？"

"没事，她就是有点儿冷。"都德说。

都德扶着我，杰茜把浴巾搭在我的背上，我瑟瑟发抖，颤巍巍地走到船边，坐在橡皮艇发烫的船舷上，冷得牙齿直打架。

我拖着沉重的身体回到船上来了，不得不重新适应重力。

3. 灯塔里的夜晚

几近黄昏，大家才从海上回来，一个个都裹着浴巾，丝绒风帽压到眉头，好像刚从海难中逃生出来。海潮袭来，拍打着逆风而行的橡皮艇。海上卷起滚滚海浪，溅起白色的浪花，船滑下浪头时，女生吓得惊慌失措，好像随时要尖叫起来，塞缪尔和马克西姆则一言不发，努力表现得镇定自若。橡皮艇排出尾气，发出隆隆的响声，迎风破浪地前行，船头时而抬起，时而落下，发出低沉的扑通声，这仿佛是一场恶战。开船的是朱利奥，他眉头紧皱，注意力集中在船的仪表盘上，凭直觉让船沿斜线行驶，以躲开危险的巨浪。

在海风和海盐的鞭笞下，他们浑身透湿，疲惫不堪，饥肠辘辘地回到登岸处。走过几百米，他们登上了早就等着他们的大巴车，一言不发地坐到座位上。大家安然无恙地回到灯塔后，气氛才有所改变。少年们在院子里用水管冲冷水澡时，重新焕发了活力，他们追逐着，叫嚷着，呼唤着彼此的名字，互相扔掷毛巾，笑得直不起腰，空气中洋溢着欢乐与活力。

"真好，他们复活了。之前他们都蔫儿了……"罗贝塔在一旁满意地看着。

"这他们还没吃饭呢，要是填饱了肚子，你再瞧瞧吧！"玛丽安娜说，她看起来也松了口气，"唉，还是这样省心。"她接着又说了一句，"这趟旅行可真让人操碎了心。"

"你还别说，都德游得那么远，可把我吓死了。"罗贝塔继续倾诉，"不过琳的确不太会游泳。"

"我还没发现呢，船上乱哄哄的，我快累死了。"

"确实是，琳在水里，其他人也跳进了水里，我们三个只顾着维持秩序了……"

"行了，行了！"玛丽安娜说，"别想了，一切都过去了。"

"还好都德能应付得来，一个人把她带回了船上。"罗贝塔说。

朱利奥走了过来，神情严肃："我们一会儿再好好理理这件事。我先去厨房看看。"

"你最好先去洗个澡。"玛丽安娜建议说，"你看起来被吓得够呛。"

男人摸摸自己的头发，感觉有些粗糙扎手，胡子上也沾着盐粒："你说什么？"

"你是位了不起的船长！"罗贝塔奉承他说。

"那当然！"他得意地说，"你觉得在这样的海上开船，要是没点儿经验能行吗？"

"你可别招惹他！"玛丽安娜开玩笑说，"不然，他肯定要给你讲他在亚速尔群岛开帆船的故事。"

"好主意。吃完饭我肯定跟你们讲。"朱利奥结束话题，往宿舍走去。

少年们刚刚回到灯塔，饥肠辘辘，莫妮卡负责照顾他们。三位队长便趁此机会喘口气，歇息一下。莫妮卡的眼神像长官一样威严，她叫了三个人去帮厨，黛恩德蕾、塞缪尔和玛伍，三个小孩端上几盘满满的古斯古斯面[①]，在厨师的权威指导下，大家有条不紊地共进晚餐。朱利奥和罗贝塔来到饭桌时，孩子们已经狼吞虎咽，盘子里的食物被吃得干干净净，他们大声聊着天，一起回忆海上旅行的趣事。

"队长！"塞缪尔立马大叫，"现在做什么？"

"塞缪尔，先让我吃饭，可以吗？"朱利奥回答。洗过澡，他重新恢复了精力，想到热腾腾的晚餐，心情变得大好。

"那然后我们做什么呢？"塞尔乔急不可耐。

"有个惊喜。"罗贝塔眨眨眼回答。

"什么惊喜？"大家齐声问。

"要是告诉你们了，还叫什么惊喜？"罗贝塔沉着地应对。

玛丽安娜穿着一件绣花长裙出现时，响起了一阵赞美的口哨声。

"天哪，队长今晚穿得真漂亮！"马克西姆赞叹。

"你看出来啦？"玛丽安娜高兴地问，身上散发出阵阵清香。

"队长，你应该早跟我们说的，我们也好打扮得漂亮些！"娜塔莎有些不满地抱怨。

"可你们已经很漂亮了。"朱利奥说。

娜塔莎沉下脸，反驳说："可我们还穿着运动衫呢！我们可以去换衣服吗？"

"准了，但最多半小时。"朱利奥回答。

几个女孩像一阵风似的飞快地跑开，弗兰也被黛恩德蕾和杰茜拉走了。

---

① 古斯古斯面 (cous-cous) 是北非摩洛哥、突尼斯一带及意大利南部撒丁岛和西西里岛等地的一种特产，是用杜兰小麦制成的外形有点儿类似小米的食物。简单的煮熟之后几乎可以与任何肉类、蔬菜搭配。

几个男孩围住朱利奥问："我们能玩会儿平板电脑吗？"

"你们已经有手机了。今天可带了一整天呢！"

"啊，真是谢谢了，队长！"塞缪尔讽刺他，"没有网——我们拿它有什么用？"

"听会儿音乐，不行吗？"他提议，"手机上没有游戏吗？"

"队长，你把我们当小屁孩儿吗？"塞缪尔不依不饶。

此时都德已经戴上耳机，交叉两手，伸直双腿，悠闲地半躺在椅子上。

"你干什么呢？"莫妮卡一只手放在他的肩上，突然问了一句，吓得他直跳起来。"桌子还没收完。孩子们，加油，我在厨房等你们！"她双手叉腰，命令似的说。

"不是，等一下，一般不是只有四个人帮忙吗？"瓦尔特反驳。

但莫妮卡狠狠盯着他："但是今天晚上，你们所有人都要来，这样我们早点儿做完，你们就让这几个孩子歇会吧。"

"哪几个孩子？"塞缪尔向三位队长看了一眼。

"你行了吧，不然我把你关起来！"玛丽安娜回了一句。

他们把餐具拿进厨房，莫妮卡开始分配工作：把碗碟放进洗碗机，清理烤箱，洗锅，递抹布，扫地。

"那些女人太狡猾了！"塞尔乔看看周围说。

"希望她们至少穿得漂亮点儿。"塞缪尔嘟囔。

在厨房里，他们被莫妮卡训斥了一通，不管做什么，莫妮卡的呵责都如影随形。出了厨房，有四个孩子坐在角落的茶几旁。

"伙计们，来打牌玩钱啊！"塞缪尔说，手里拿着他从厨房的抽屉里找出来的一副牌。

"哪儿来的钱？"坐在对面的马克西姆反问他。

"我们先记账，回家后再还。"他说。

"这样啊，我不玩儿。"瓦尔特从椅子上站起来。

"阿曼德，来啊！"塞缪尔叫阿曼德，阿曼德靠着墙，手揣在兜里，直摇头。

"玛伍你呢？来吧，快！"塞缪尔邀请他。

眼镜放大了玛伍的眼睛，因此他的眼神显得越发惊恐："我？"

"来吧，青蛙眼。我知道你会玩扑克。"

"你怎么知道？"玛伍想辩解。

"得了吧，塞缪尔，你还是消停会儿吧。"都德稍带一点命令的语气说，然后讽刺他，"钱，扑克……你以为我们在哪儿？《纸牌屋》？"

"小子！你给我住嘴！"塞缪尔爆发了，突然站起来，"我听见你的声音就烦！"

塞缪尔冲向都德，咆哮一声，一把抱住他。都德退后几步，但成功稳住脚步，立马抓住朝他脖子伸来的手。他喘着气，咬紧牙，吃力地抓住塞缪尔的右手，而塞缪尔用左手朝他肚子打了一拳。都德身子微微前屈，隐约发出一声呻吟，但仍然控制着塞缪尔的右臂，尽量往塞缪尔的后背别。他咬牙切齿，对方嘴里也嘟嚷着什么。他们僵持不下，这时三位队长赶忙跑过来，强行将他们分开。莫妮卡也过来帮忙，她是唯一大声斥责他们的人："你们太野蛮了！你们是流氓吗？"

两个人正喘着粗气。都德用手擦拭鼻血，打斗中鼻子被塞缪尔用头顶了一下。塞缪尔的胳膊蹭破了点儿皮，一只手夸张地捂住肩膀，假装很疼的样子。罗贝塔帮都德拿来一张纸巾，让他仰着头，然后陪他去了洗手间。朱利奥摸着塞缪尔的肩膀，检查有没有大碍。其他人都沉默不语。

"你们告诉我为什么。"朱利奥十分冷静地说。

"没什么，那浑蛋不想让我们打牌。"塞缪尔嘟囔。

"不是这样的。"瓦尔特勇敢地站出来说，"我刚才就在旁边，都德只是让你不要强迫别人玩儿。"

"他又不是队长。"塞缪尔反驳。

朱利奥盯住他："我想不出你跟都德有什么矛盾。"

塞缪尔移开目光，回答他："队长，没什么矛盾。只不过那家伙喜欢多管闲事。"

"你也一样。"玛伍随即说。

"你给我等着瞧！"塞缪尔威胁他。

"你说什么？"朱利奥严厉地问。

"我在开玩笑，队长。"男孩辩解。

"塞缪尔，你觉得攻击别人对吗？"朱利奥语气坚定地问。

"攻击……"男孩开始闪烁其词，队长打断他："对，塞缪尔，攻击。我要是没搞错，是你先动的手。"

"是他先挑衅我的！"塞缪尔反驳。

"等等，我想我们没必要再从头说起了。就算他说话让你烦，你也不应该打人！"

男孩把头抬起："那晚上偷跑出去就应该了，是吧队长？你没有罚他们，什么都没做！"他愤怒地吼叫。

"没人偷跑。"男人回答。

"那要是想睡哪儿就睡哪儿，那今天晚上我睡沙滩，可以吗？"

"你冷静点儿，不是这样的。"队长耐心地劝导他，"今晚你们所有人的床位都会大调整，你也不会再睡在走廊尽头的房间了。"

"您真会安慰人！你要让我睡哪？说来听听！跟女生一起？"他大喊，"求之不得呢！"

"我真想用肥皂洗洗你的臭嘴！"莫妮卡突然开口，她非常生气，“我小时候见过不少这种事儿。这儿的人太有耐心了，你就是个小混混。”

塞缪尔转过头，非常地不理解。“什么啊？你们都跟我过不去？我成替罪狼了？”

朱利奥轻轻笑道：“你说的是替罪羊吧，但你还算不上。”

“羊？什么羊？”他困惑不解地问，看起来既无辜又脆弱。

朱利奥一只手搭在他的肩上：“好些了吗？还疼吗？”

“说不定被他掰断了，我怎么知道！”他埋怨说。

“没这么严重，不管怎么样，你们要互相道歉。”

“什么？”男孩睁大眼睛。周围其他人哄堂大笑。

“你们互相道歉就可以了。”朱利奥态度坚决地命令。

“要是不呢？”塞缪尔挑衅地问。

“计划好的晚会就取消，你们所有人马上去睡觉。”

“队长——！”随即响起一阵抗议，“关我们什么事？为什么所有人都要受罚？为什么要罚我们？”

“因为现在我们在一条船上。你们喜欢这样，不是吗？”朱利奥最后说。

“队长，别说这种陈词滥调了。”都德突然带着鼻音说。他走进客厅，护送他的罗贝塔黑着脸。女孩们出现在他身后，神色担忧而焦虑，她们换了衣服，梳了头，化了妆，然而晚会已经泡汤了。

“他们俩来真的了吗？”黛恩德蕾问。她将长发梳起，露出整个脸庞，玫瑰色的嘴唇富有光泽，眼睛因画了眼线而变得更大。

“没有，玩玩而已。”都德心有不甘地说。

“为什么啊？”娜塔莎问，将疑惑的目光投向马克西姆，而马克西姆则摊摊手。“所以，我们在那边打扮得漂漂亮亮的，你们却在这儿打架？”她冷冷地问。她穿了一件红色礼服，戴着花色耳环，盘着发髻，妆容十分精致。

"是，我之前应该跟你们一起去的。"都德回答。

"没什么事，塞缪尔和都德会给对方道歉的，对吧，伙计们？"朱利奥加重语气。

"我没问题。"都德说。

"塞缪尔？"朱利奥问。

男孩们轻轻喊出"哟"的声音来鼓舞塞缪尔，声音越来越大，女孩们也随声附和，脚在地上跺着节拍。塞缪尔虽然不太情愿，但不得不伸出手和都德言和。鼓舞声瞬时变成了欢呼声。只有杰茜一个人在为他们鼓掌。

4. 杰茜

　　我感觉非常快乐。这个地方很棒，我在这儿很舒服。谁不想拥有这样的假期呢？我以前没去过灯塔，也从未如此近距离看过大海。在这里，我可以尽情沐浴阳光，无论白天还是夜晚，都可以听见大海优美的旋律。我喜欢现在的生活：远足，野餐，还有坐船出海！我从没坐过橡皮艇，这种船真神奇，漂浮在水面，好像一只在海浪中的皮球。好笑的是，这船真的散发出一股橡胶味，上面还有很多我从没见过的东西，比如我从没用过的电子航海图，在船上时，朱利奥给我演示了该如何使用。他说，即便是一艘没多大的船，也有复杂的航海系统。他还强调，这就是灯塔作用被削弱的原因。瓦尔特也在船上的仪表旁聆听、观察，似乎很感兴趣。但我想，其他人的想法未必和我一样，因为我知道，他们中很多人已经去过海上，坐过很多次船，有的甚至还开过船。

　　比如黛恩德蕾，她提过一艘帆船。她没有跟我讲，是跟她的朋友玛莉卡讲的（好像我们刚到这里的时候，他们关系就很好了）。黛恩德蕾答应玛莉卡，等有人邀请她去那艘有名的船上时，她会带上玛莉卡。我当时就坐在她们旁边，但黛恩德蕾什么也没对我说，好像我根本不存在，也或者她们觉得我听不见吧。这种事时常发生，你就在那里，其他人却根本不拿你当回事，认为你是雕塑，认为你看不见也听不着，他们聊得火热，却把你撂一边。唉，算了吧！黛恩德蕾比较年长。一开始，她一副高高在上的样子，跟谁也不亲近，她要让我们知道她与众不同，更成熟——她十五岁了！而事实却是——她看起来病恹恹的，脸色苍白，骨瘦如柴，就连走路，她都会感到不舒服。现在她还是那样瘦，不过没那么苍白了，其实，她还是很白，阳光对她的皮肤没什么影响（我就不是这样，快变成黑炭了），但她的面色没那么憔悴了，我得流感时，我妈妈就会说"你的面色很憔悴"，我觉得这句话很滑稽。

我觉得大家的面色都比刚来的时候好了很多。大家也的确都变得更可爱了，因为……天啊，我们第一天刚来的时候，很多人的脸色阴沉沉的，特别是几个男孩，他们比我班上的同学还糟糕，让人以为这次度假，选的都是世界上最古怪的人。但怎么会这样？夏令营的组织者告诉我，不必担心没有认识的人，因为几位经验丰富的队长会帮助我们，让我们相互认识，和睦相处，这也是这次夏令营的目的。但我的第一印象却是——他们全是疯子。塞缪尔总是突然夸张地大笑起来，找所有人的碴儿，而且特别喜欢欺负塞尔乔，因为他是最矮、最瘦的。阿曼德头上总是戴着风帽，一个人待在一边，沉默寡言，需要人喊上他，他才会跟队伍里的其他人待在一起。还有马克西姆，喜欢在女孩面前卖弄，经常跟塞缪尔闹别扭，所以三位队长不得不一直盯着他俩，以免毁了这次假期，尤其是要防止我们来的这个世外桃源遭到破坏。我当时觉得他们是一群蠢货，而且我还说出了口：蠢货才干得出这种事儿。

但说出那句话，让我遭到了其他女孩的忌恨，比如娜塔莎，她觉得我是在秀优越感，和黛恩德蕾一样（不过黛恩德蕾是真的在秀优越感，她还说自己不该来这里）。娜塔莎甚至还认为，我总是这么热情，是想讨队长欢心。她觉得，我是一个不会违背父母和老师意愿的乖乖女。但她错了，我相当叛逆。在家里，有一点不顺我的心意，我就会反抗，自然，我也不是老师最喜欢的宠儿！但这三位队长真的很惹人喜欢，他们很有主意，喜欢运动，而且也很关心我们——他们在意我们，和我们交谈，还会来了解我们的状态。他们总是知道你有没有生病，心情是否有波动；他们会做让我们开心的事情，会讲笑话，用幽默的方式解决问题。我从没遇到过这样的老师。好吧，他们不是老师，但也差不多。他们知道很多东西，尤其是玛丽安娜，她是一位海洋生物学家，经常给我们讲岸边和海里的生命，各种植物，以及地质的形成，还有一切我不了解的和我想知道的知识。长大后，我也想变成她那样，懂得许多知识，还能用简单的方式表达出来，让大家都能听明白。当然，我首先要学会这些知识。

我喜欢学习，虽然学习很难，而且要花很多钱，但现在我不想考虑这些，否则我会跟有些女孩一样，毁掉这个假期，比如弗兰，她真的很奇怪。老远就看得出来她生病了，对此我很遗憾，因为她本来很可爱，很乐观。有一次，她送了我一束淡紫色的花，是日落时分她从黄珊瑚上摘的。我觉得，她送我花是因为我经常对她笑，鼓励她说话，跟她打招呼，跟她在一起的时间长一些。昨天在橡皮艇上，她怕得要死，没有下水，我就告诉罗贝塔不用担心，我留下。我问弗兰需不需要帮忙，她摇摇头，一直坐在椅子上发抖，背上搭着毛巾，仿佛是海难中的幸存者。

当时，我给她讲了一个故事，小时候妈妈经常讲给我听。妈妈的村子里，有一只叫胡安的小毛驴，每次见到妈妈，它都会打招呼。她经常抚摩胡安的鼻子，把田野里的花送给它，胡安非常喜欢，就这样，她们成了朋友。后来，胡安报答了妈妈对它的善意。它敏锐而善良，有一次，它发现草里有一条蛇正爬向妈妈，便抬起蹄子，往地上狠狠踢了一脚。妈妈被吓了一跳，以为胡安是生气了，所以才尥蹶子的，但后来她发现胡安踢飞了一条蛇，原来胡安救了她！

弗兰听着我讲，时不时笑一笑，问我故事是真的还是编的，妈妈的村子里有什么蛇，村子是什么样子的，我有没有去过。

我从没去过妈妈的村子，我觉得以后也不会去。村子很远、很穷，姨妈和外婆都不愿提起，她们说最好待在现在这个地方。至于妈妈，也许她早已飞回了村子，正在天空中自由翱翔。也许她骑着胡安在高山奔跑，玩疯了。我喜欢这样想，想她现在一定很快乐，因为妈妈从不会伤心，连她生病的时候也不会，她让我答应她，永远不会伤心，学会欣赏世上的一切美好事物——美丽、享受和快乐，因为上帝让我们活着，是希望我们认识和欣赏世上的奇迹。是她告诉我要坚强，不要太思念她，因为她会永远陪着我，只是我们看不见她而已。是真的，我觉得她就在我身边，有时，我能感觉到她在抚摩我的头，和小时候我睡着的时候一模一样。

我很快乐，因为快乐是妈妈留给我的遗产。

5.团结的部落

"我们要跳林波舞①了，准备好了吗？"朱利奥问。

少年中间响起了几声口哨和零星的掌声，其中还夹杂着一句"不要啊"。队长决定忽视那个不和谐的声音，高兴地接着说："很好，那我们开始吧！你们看好了，要像我一样做！"

几位队长在两根竖杆上横着放了一根棍子。

塞缪尔马上就嘲笑："伙计们，这就是大惊喜！跳高！"

"搞什么啊，我这么矮，怎么跳得了这么高！"口香糖大喊。

"谁说是跳高了？"罗贝塔反问道。

"队长，你们到底想让我们干什么？"

"一会儿就知道了。"罗贝塔对她露出神秘的微笑。

这时，她放起了音乐，少年们在横杆四周围成一圈。横杆距离地面一米半，从上面跳过去太高，从下面穿过又有些矮。

---

① 发源于西印度群岛地区的杂技性舞蹈，需要舞者仰身穿过距地面极低的横直障碍物。

朱利奥走近横杆，弯曲双腿，身体微微后倾。罗贝塔和玛丽安娜在一旁拍手，领着少年们一起鼓掌。于是，大家纷纷有节奏地拍起手来。朱利奥动作优美、顺利无误地穿过横杆，随后他站直身体，高举双手。大家瞬间热情高涨起来，又是欢呼，又是打口哨。

　　"耶！"朱利奥大喊，然后说，"孩子们，你们来试试！"

　　"队长，这是什么？开什么玩笑？"口香糖后退两步。

　　"我，让我来！"塞缪尔立马走上前去。

　　"嗬，你早就等不及了吧！"黛恩德蕾大声说，"也是，去吧，让他试试，这样他就能消停点儿了。"

　　塞缪尔弯下双腿，但是当他到达横杆下时，身体就开始摇摇晃晃，无法顺利向后弯下身体，结果把横杆蹭到了地上。"不算！"他大喊，"杆子太低了！"

　　"我来试试！"玛莉卡迫不及待地说。她动作优美地弯下双腿，长长的秀发拂到了地面，完美地通过了关卡，一点也没有碰到横杆。女孩那边响起一阵欢呼。轮到娜塔莎了，她身体尽全力往后仰，可胸口还是碰到了杆子。在大家的掌声和口哨声下，她重新回到原点，弯下腿，漂亮的红裙子扫过地面，这一次她成功地从横杆下穿了过去。

　　"两位太厉害了！"朱利奥抬起双臂说道。

　　这时，都德走到前面，举起双手，示意大家鼓掌。大家拍着手，吹起口哨，都德开始随着音乐的节奏摇摆。他将双手交叉放在胸口，弯下膝盖，伴着有节奏的掌声，从横杆下通过。一穿过横杆，他就挺直身板，高高跳起，大家为他热烈欢呼，周围的女孩都跑过去拥抱他。

　　"大师啊！"朱利奥说着，热情地为他鼓掌。

　　大家争先恐后地想要穿过横杆。塞缪尔一个人待在一边，心中有些不满。玛丽安娜发现了他的异样，便把他带回队伍，对他说：

“你看看罗比怎么做的。”

罗贝塔的身体往后弯，双手撑在地上，像一只大蜘蛛。

“队长，这不算！”塞缪尔突然大喊，“她四肢都着地了！”

“可以这样。”朱利奥回答，“要不你也试试这种方法？”

“我弯不成那样。我可是踢足球的！”

“去吧，去吧，你也可以自己想个法子……反正整个部落都要穿过去，每个人都要！”

“部落？”男孩疑惑地看着他。

乐声激昂，女孩们见罗贝塔穿过横杆，备受鼓舞，一个个排起队来。

“我必须要从下面穿过吗？我太高了，弯不下去……”黛恩德蕾担忧地说。

“放心，你能行的。”罗贝塔试着安慰她。

“我不行，队长，我害怕向后倒下去。”黛恩德蕾嘴唇颤抖，呜咽着说。

“我们一起吧，黛黛①。”玛莉卡拉起她的手，对她说。“可以吗？”玛莉卡问队长。

“当然可以，这样更好！”朱利奥高兴地回答，他把双手放在嘴边做成喇叭形状，喊道，“嘿，这次是两个人一起！加油，孩子们，大家为她们鼓掌！”他抬起手，有节奏地鼓起掌来。

两个女孩手牵手，弯下腿，身体后倾，慢慢穿过微微晃动的横杆。刚到杆子对面，两人就相互拥抱，好像刚刚死里逃生一般。“太紧张了！”黛恩德蕾笑着说，然后开始做弹跳运动来缓解压力。

“但是我们做到了！”玛莉卡说，像两个逃出生天的幸存者再

---

① 黛恩德蕾的昵称。

次拥抱在一起。

现在轮到琳了。她脱掉人字拖，像罗贝塔一样双手撑地，通过横杆对她来说易如反掌，她也因此赢得了一阵掌声与喝彩。

"你就算双手不着地，也可以完美通过的。"都德对她说。

琳火冒三丈，生气地说："你总是喜欢对我指手画脚！别管我行吗？"

"我可是练过的。"他暗笑道，一只手拍着肚子，"我有钢铁一样的腹肌。"

"你非得炫耀个不停吗？"

"为什么不呢？"他说。

"琳，琳，帮帮我。我肯定会摔倒的！"口香糖大声说，她盯着横杆，眼神里充满了恐惧。

"别怕，来吧，弯下去一点儿……"琳站在横杆对面，挥舞着双手鼓励她。

"注意头部，到横杆底下的时候记得放低头部！"都德嘱咐道。

口香糖半蹲在地上，头往前低，想以这样的方式通过，但大家都大声叫嚷，说这样不行，她只好又走回原点，尽量把头往后仰，结果摔在了地上。她捧腹大笑："屁股还摔了，真是的！"但是她想再试一次，于是灵机一动，将双手撑在地上。所有人都大笑起来，鼓励她穿过去。成功渡过难关后，口香糖投进琳的怀抱，开心地尖叫起来。

几乎所有人都穿过了横杆，并且没有把杆子碰掉。穿过障碍后，大家将双臂举向天空，为胜利而欢呼雀跃，像参加奥运会得了奖似的。轮到弗兰了，大家一起为她打气："弗兰！弗兰！弗兰！"

弗兰走到横杆前，面露惶恐，但仍然跃跃欲试。罗贝塔把横杆稍稍调高，走到杆前，拉住弗兰的手，任由她以自己的方式通过：

她的头向前低垂，一只手放在胸前，像是在祈祷。少年们向她祝贺，掌声如雷，她看看周围，起先茫然不知所措，转而欣喜万分，紧紧地握住罗贝塔伸来的一只手。

塞缪尔打算再试一次。"可恶，大家都穿过了，就我没有。我不甘心！"他助跑一段距离，膝盖贴着地面，从横杆下面滑了过去。大家也为他叫好，男孩的眼睛里这才泛起光芒，开心地笑了起来。

只剩玛伍一人了，他要求将横杆降低半米。

"半米？"大家打起口哨，惊呼起来。

"你确定吗？"朱利奥问。

人群里响起一阵哨声和欢呼，男孩点点头，塞缪尔大喊："青蛙眼想羞辱我们！"

玛伍盯着横杆，摩拳擦掌，准备通过障碍。他开始炫技了，罗贝塔发出一声长长的感叹："哇哦——"大家不由得高高举起手来。

玛伍弯下膝盖，直至后背快要贴到地面，像蜥蜴一样从只有几十厘米高的横杆下穿过。所有人都目瞪口呆。到达另一边后，玛伍又顺势表演了一个空翻，人群中瞬时爆发出雷鸣般的欢呼声。

"太不可思议了！全场最佳！"朱利奥高呼。他抓住玛伍的手腕，把他的胳膊高高举在空中，转向四周，仿佛想象他们正在拳击场上。男孩随即被同伴淹没了，大家将他抬了起来，欢呼着把他从大厅扛到了庭院里。

"青蛙眼最棒！"马克西姆大喊。

夜晚室外十分凉爽，星辰一如往常那般明亮。都德发出一声狼嚎，大家也都跟着他嚎叫起来。他们像一群野狼，对着群星闪耀的夜空号叫，他们不再是一群松散、各自为营、随时会起内讧的乌合之众。他们产生共鸣，感受到一种热烈而真诚的快乐，他们互相挽着胳膊一起转圈，像是在跳希腊的瑟塔基舞，庭院中央仿佛有一堆篝火，温暖着他们，为他们注入能量。他们快乐地号叫，觉得自己是某种东西的一部分，是一个独一无二的整体的碎片，是一个团结的部落不可或缺的一分子。

6. 玛伍

　　别人给我取了许多外号，青蛙眼是最新的一个，还不算太难听，可以把它当成我的苏族语^①名字，唉！通常来说，别人给你取外号是为了捉弄你，所以最好不要把这些外号放在心上。喂，玛伍，那么你在意什么？反正所有人只会流于外表，譬如眼镜，他们把注意力都放在我的眼镜上，除此之外，有谁想知道我的想法吗？没有。有谁会喊我一起踢球吗？做梦。戴眼镜的人看不清楚，所以不懂得如何踢球，道理就是这么简单。你见过哪个足球运动员戴眼镜的吗？绝对没有。

　　为了安慰我，慈祥的父母告诉我，如今情况不都是这样了。"你看过《哈利·波特》吗？"他们问我。对啊，哈利·波特，他是唯一招人喜欢的戴眼镜的人，所以情况不全都是那样了。另外，他得的是近视，这没什么，可我得的是远视，也就是众所周知的老花眼，镜片会让眼睛显得很大，让你变丑，让你看起来像个傻瓜。

──────────

① 北美印第安人的一个民族使用的语言。

你最好告别团队运动，因为大家都会学着教练叫你"嘿，你，那个戴眼镜的"，或者"嘿，你，哈利·波特"。对手会把你视作最弱的一环，因此，你可能得坐一辈子冷板凳。多爽啊，你懂的。

幸运的是，我父母帮我挑选了适合我的运动，也就是艺术体操，一项单人运动。现在去吧，没人会揍你，谁在乎你是老花眼？但是，你不能在任何社交媒体上，也不能对任何人说你练艺术体操，因为这是一项女性运动。现在你该怎么解释，意大利人中有奥运会体操冠军呢？谁会听你的啊？根本没人听。即便给他们看尤里·切奇[①]和伊戈尔·卡西纳[②]的纪录片，他们也完全没有印象。明白了吗？你在做一件结局已定的事，玛伍，你是个微不足道的人，也许应该说得再明了点儿，你是个傻子。结果就是，没人喜欢我，男生不喜欢，女生也不喜欢。

但是，我一旦上了舞台，就不会再介怀那些侮辱。我觉得自己自由而轻盈，好像有两个身体：一个身体在跳跃，在单杠上翻腾；另一个身体更轻盈，在第一个身体旁边旋转。那种感觉奇特而又美妙。

你要听听专业的解释吗？我这就跟你解释一下：你在单杠上加速，并利用它的弹性来回翻腾，就能积累动能。明白吗？但我还没说完：我不知道是否就像别人对你解释的那样，这只是一种物理现象。那种身体一分为二的感觉，在其他时候我也有过，比如在学校，在家里。由能量构成、更轻盈的那一个身体，好像抽离了我的肉身，如同搭载着飞船的宇航员，不受重力牵制的情况下遨游太空。也许正因如此，我从小就非常喜欢彼得·潘的童话故事，他会飞，为了防止影子逃离，他把它缝在了鞋底。在单杠上的时候，我就觉得自

---

① 意大利体操运动员，曾获四次世界锦标赛男子吊环冠军和一次奥运会男子吊环冠军。

② 意大利体操运动员，2004 年雅典奥运会男子单杠冠军。

己的影子在随心所欲地蹦腾，一会儿跳到这里，一会儿跳到那边的角落，我必须拴住它，才不会失去它。

现在，这些话我可绝对不能说，否则他们会把我当成疯子。如果他们在童话里读到这些，肯定觉得还不错，毕竟这故事既奇幻又富有诗意。但如果你说你喜欢彼得·潘，所有人都会在背后嘲笑你。天哪，你太幼稚了！

所以，你最好待在一边做自己的事，但是要注意，别跟狡猾的人或者想出风头的人掺和在一起。在学校待了这么多年，你一眼就能辨别出这种性格的人，在这里，我就认出了这种人。我一上大巴，就立马看出了谁狡猾，于是我离他远远的，希望别跟他一个房间。幸好，那家伙跟另一个滑头马克西姆在一个房间，那个房间里还有阿曼德，他倒是知道如何应付另外两个。这一次，我觉得自己终于走运了，因为我跟塞尔乔和瓦尔特是室友，他们都有自己的癖好，但都不算歪门邪道，甚至可以说蛮有趣的。

一切都很顺利，真是出乎意料。妈妈很担心，因为这是我第一次参加夏令营，而且为期三个星期，尤其是在这里手机没有信号，不能打电话，如果要打 Skype[①] 电话，需要先向队长预约。她习惯了随时与我保持联系，在学校也一样，我会收到很多短信：口试考得怎么样？作业写完了吗？和同学相处得怎么样？老师跟你说什么了？吃饭了吗？

今年要不是来了这儿，我可能一天假期也没有。这次夏令营花不了什么钱，有些家庭甚至一分钱都不用花，比如我家，我爸爸已经赋闲在家一年了。天啊，真的太惨了！我现在还记得，当时爸爸

---

① Skype 是一款全球性互联网电话，在全世界范围内向客户提供免费的高品质通话服务。

来到我的房间，脸色苍白，对我和哥哥说他失业了。妈妈一开始不让他告诉我们，但迟早我们都会知道：他在家干吗？他是请假了吗？他告诉我们他生病了，可看起来又好好的。难道爸爸得了癌症？就这样，提心吊胆过了一周后，我们问他到底怎么了。他跟我们说自己失业了的时候，我反而松了口气，但是我哥哥费德却狗嘴里吐不出象牙来，他说："真晦气！"

我的脸立马沉了下来，小声斥责他："什么晦气？你是指那份工作？你说什么呢，你这话才晦气！"得了吧，他根本就不喜欢爸爸那份工作！他每次提到这个工作，都一副深恶痛绝的样子。然而，无论是费德还是妈妈，都摆出一副悲伤的模样，像死了人一样，他们就是这样帮助爸爸的。费德后来还说了一件非常令人心寒的事，跟学习有关："我学习是为了做什么？难道是为了最后像你一样失败？"

爸爸开始给舅舅帮忙，但其实还是没有正式工作。但爸爸不能让人知道这件事，否则他就会失去签约稳定工作的机会，就没办法得到更好的安置。我不知道该如何解释，别人也不知道，尤其是我父母，但是他们也不想解释。我觉得他们也会感到羞愧，就像我和费德一样，我们考试考砸了，或者被老师批评的时候就会觉得羞愧。

然而这件事并没有结束。问题不是"我学习是为了做什么"，而是"我长大后要做什么"。因此，彼得·潘为了避免长大而逃到岛上，我一点也不觉得荒谬，反而觉得他是对的。现在，我觉得自己和他一样，离家很远，收不到妈妈发的消息，也不用看她那副悲痛欲绝的模样。她把我送来这里，是为了不让我一个人待在家里，因为她和爸爸整天都在外面做"季节工"，他们含糊其词，说是在帮忙，和别人合作。得了吧，我知道妈妈在外面做清洁工，爸爸晚上会到一家餐厅做服务员。

然而我在这里却过得很好，我和大家打成了一片，而且玩得很开心。只不过塞尔乔痴迷于电子游戏，从来不谈论其他事情，所以，谁都知道他父母为什么送他来这里，这里没有网络，除非有颗NASA①的卫星才行。说到NASA，瓦尔特可是个天文迷，热衷于恒星的故事。他甚至认为我们人类拥有一种名为"星体"的东西，他说我们是从外太空来的！天哪，我不知道他从哪儿读到的这些东西，可能是在一本科幻书上。有天晚上，我小心翼翼地问他，他是否读到过，我们的身体并不仅仅是物理的。我就像个门外汉一样，把问题抛给了他，他一时间感到很疑惑，对我说："那得弄清楚'不仅仅是物理的'是什么意思。'物理的'表示'自然的'，包括能量。"

于是我问他能量是否能分离，换句话说就是能量能不能脱离身体。他告诉我不能，但的确有研究表明人体的能量会散发出去。随后，他开始滔滔不绝地对我讲一些难以理解的东西，他非常兴奋，与其说他是在解释，倒不如说他是在享受。我一句话也没有回应，只是直勾勾地盯着他，我知道，那时我表情看起来一定十分入迷，但也一定非常空洞。你继续吧！

其实撇开这些，我和这两个伙伴相处得还挺融洽，和阿曼德也挺好。还有马克西姆，这个家伙也不错，他和那个金发女孩在谈恋爱，这个地方比我奶奶的农场还要小，我们在这里待了都快二十天了，他俩仍假装若无其事，可我们大家心里都跟明镜似的。就像我的表哥萨尔瓦托雷一样，虽然他在和一个叫阿梅丽娅的女孩谈恋爱，但他不愿意公开，因为不想家里人烦他，然而家里人对他和阿梅丽娅的事了如指掌，他们要找他时，就会给阿梅丽娅打电话，他一准

---

① NASA 是美国国家航空航天局（National Aeronautics and Space Administration）的简称。

儿就在阿梅丽娅身旁。

塞缪尔是唯一一块难啃的骨头，因为他是个滑头，会在背地里搞小动作，还总喜欢跟人打赌、要钱。都德把他修理了一顿后，我还挺高兴的。并不是都德有多善良，只是因为你比他小两岁，他会照顾一下你。他总是混在女孩子中间，跟她们在一起时，他看起来更开心。行吧，他真幸福。

在橡皮艇上，他表演过一次跳水，动作十分优美，他应该练过跳水。那我就不用翻跟头了，况且不戴眼镜跳水，还不砸着水里的人，还真有点儿困难。

但今天晚上，跳林波舞的时候，我再也忍不住了。我听见大家说该我了，似乎看见自己的影子冲上前去，弯下膝盖，身体像蛇一般后仰贴地。我对自己说，去吧，玛伍！然后，我降低了横杆。

之后，我觉得非常开心，好像我充满能量的身体在燃烧，我似乎在发光，整个房间都亮了起来，可能是因为其他伙伴也很开心，也在散发热量。我们到了庭院里时，他们把我扛在肩上，像狼一样号叫着，那时的夜晚不再黑暗。我觉得，我们大家的身上都散发着光芒，如同灯塔终于重新点亮了一般。瓦尔特说，亮光是月亮洒下来的，这里没有大气污染，月光清晰明亮，尤其是大海的反射，让夜晚更加熠熠生辉。他的解释跟我的想法倒不冲突，无论是人体的能量，还是天体的能量，总之都是在说能量。

7. 在树林中

"朱利奥也太夸张了。"都德一来到树林中就开始抱怨。按照计划，大家要为晚上的篝火打柴。

"拾你的柴火吧，别在这儿说三道四了。"琳对他说，弯着腰捡小树枝。

"我不是说三道四，我只是说，有时候他比较夸张。他组织能力非常强，也很通情达理，但是措辞呢？要不我们说道说道？"

"还是算了吧。再说了，他什么措辞让你觉得不舒服了？"

"伙计们，了不起，神呀……"他模仿朱利奥，接着叹了口气，"还是饶了我吧。"

琳耸耸肩："你就是看什么都不顺眼。"

"谁说的，我现在像个伐木工一样在这儿捡柴，我说什么了吗？没有。我退缩了吗？没有。我很积极啊。"

"嗯。"琳回答。

"有水吗？"口香糖走过来问。

"口香糖，我水壶里有。"琳把水壶递给她。

"我已经把自己的喝完了。这里真让人火大。"口香糖说，"他们为什么让我们干活？"

"是为了今晚的篝火啊，你不记得了？"

"啊，好吧。"口香糖嘴巴贴着水壶说。

"这些知了真是烦死人了！"都德说。

口香糖压低声音，告诫他："别说了，如果玛丽安娜听见了，又得说，知了才是这里的原住民！"

都德笑着说："就是，她实在太死心眼了。什么原住民啊，真不让人安生！"

"但有人是真的喜欢。"琳提出不同看法。

"嗯，是科学家，对吧？"都德回答，"依我看，他扎进这丛林里就是为了做考察。可怎么不见他人呢？"

"他应该去尿尿了，不是吗？"口香糖问。

"他应该是对豪猪感兴趣，那边树皮都被啃了，就在那儿，还有痕迹呢。"

"对什么感兴趣？你是说耗猪？"口香糖问。

"是豪猪。"都德纠正她。

"啊，那是什么玩意儿啊？好像我不问，你们也都知道那叫豪猪啊。"

"我们都知道。口香糖，你知不知道你越来越白痴了。你这个文盲，回家种地吧！"

"所以那到底叫什么？"

"你上过学吗？"都德问。

琳这时开腔了："都德你知道吗，你太苛刻了，简直像个小老师！"

"我根本没搞懂你们在说什么，你们这些人真让人捉摸不透。"

口香糖回答。

这时瓦尔特来了，神情诧异："都德，我有话跟你说。"

"嗯，怎么了？"都德问。都德从两个女孩身边走开，和瓦尔特交谈起来，两个女孩一直盯着他们。过了一会儿，他回到琳身旁，神色喜悦："瓦尔特真是个天才！"

"没错，难道不是吗？"

"是。你猜他找到了什么？"

"不猜。直接说吧。"

"山洞的入口。"

"天啊！"琳猛然转向瓦尔特，对方点点头。

"我们得想办法到那儿去看看，还不能被发现。"都德自言自语。

"你说什么呢？不可能。"琳对他说。

"队长他们会把我们生吞活剥的。"口香糖说。

就在这时，朱利奥冲他们喊："你们谁想打场球赛？"说着从背包里取出一个球。

"让我踢两脚。"马克西姆大喊。

"不是用脚，我们玩排球。"朱利奥回答，"你们组成两队……男女混合，好吗？"

大家组了两个三人的小队，这样等下就可以快点换人上场了。趁着这时间，都德离开了队伍。琳跟着他一起消失了，瓦尔特和口香糖紧随其后。

玛丽安娜和罗贝塔忙着用望远镜的支架撑球网，没有发现都德一小伙人正从人群中逃离。朱利奥把两支队伍分到球网两侧，哨声一响，比赛便开始了。听到哨声，都德、琳和口香糖开始往树林里跑，瓦尔特在前面开路。

路上静悄悄的，他们来到一条羊肠小道，道路一直延伸到一大片白色空地，空地上有一堆废墟，少年们认出这些石板，和他们在登岸处见到的那些很像。

"你是怎么找到这里的？"

"一开始，我想查看一下豪猪的踪迹，后来我就被一些矿石吸引了。路上有许多碎矿石，有黄铁矿、褐煤、玉髓……"

"行行行，然后呢？"琳打断他。

"这些矿石都是山洞里面的。不仅有石灰石，还有其他矿石，虽然数量不多。"

"你是说，你是顺着那些石头找到这里的？"都德称赞他，"我的天！你太聪明了！"

瓦尔特耸耸肩。

树林越发稀疏，露出一大片林间空地，上面覆盖着茂密的灌木丛。一阵柔风袭过，树丛拂向一片矩形老旧建筑的废墟，建筑看起来如同一座厂房或兵营。废墟周围全是乳白色，犹如月球上的光景。破碎的白色大石板堆在一起，仿佛一整座房子不翼而飞，只剩下地板和一堆杂乱无章的碎石块儿。从这些光洁的大石块判断，飞走的恐怕得是一座希腊神庙。废墟前面，裂开的地板上有一个方形入口，入口边上长了一棵高大的乔木，上面挂满了红色的小浆果，树冠摇晃起来，像是在发出警告。

"好像是地板门！"都德一脸入迷地问，"你之前到这儿瞧过了吗？"

"这儿有下去的梯子。"瓦尔特提醒他。

"好家伙！真的有！"口香糖惊讶地伸长脖子探入洞口。

"这是矿工从地面下去的入口！"都德为自己的发现兴奋不已。

"我觉得这只是许多入口中的一个。卢齐奥提到过一个地下矿井。这应该只是其中一个入口。"

"那它通到哪儿？"琳问道。

"想知道的话，就要沿着梯子下去。"都德双眼泛光提议。

"你疯了？这样肯定会滑倒的。"口香糖往后退了退。

"打开手电筒，我们往里瞧瞧。"都德命令瓦尔特，瓦尔特早就拿出了自己形影不离的袖珍手电筒。

"什么都看不见！得用更亮的灯才行。"口香糖说。

"对，哪怕是要搬来体育场的照明灯！让我下去，正好瞧瞧到底是不是真的有梯子。"都德壮着胆子要下去。

琳拦住他："然后呢？知道真假又怎样？"

"别废话了，我们时间不多了，我下去了。"

"等你滑倒了就高兴了。"口香糖对他说。这时他已经踏上了前几级台阶。

"闭上你的乌鸦嘴！"都德打断她，继续往下走，瓦尔特用手电给他照路，也准备跟着下去。

"既然我们都到这儿了，就下去吧。"琳对口香糖说。她们俩也走向台阶，准备下去。

洞内十分宽敞，台阶与墙壁相连，走起来十分方便。他们走到一个隧道入口，隧道上面是打实的地面，地面上覆盖着杂草和一小堆岩石。地下很冷，手电筒的光照在墙壁上，十分昏暗。

"人们就是从这儿去登岸处的。"都德说。

"你们说，是不是没人来这里？"口香糖问。

"谁会来这里啊，这儿都废弃了。"琳回答道。

"不对。那儿有一个易拉罐。"口香糖指向地上的罐子。

瓦尔特把光打过来，地上还有一些烟蒂和几个空瓶子。

"啤酒！"口香糖说，"有人来这里庆祝过！"

"可真隐蔽。"都德说。

"你去看看。"琳说,"说不定是其他像维塔和马蒂亚一样的人。"

"可灯塔里没有其他人了,村庄已经是半荒弃状态了。"都德反对说。

"所以呢?"琳问。他们仔细观察墙壁,发现在空瓶子的上方,有什么东西刻在墙上。

"照一下这里,快来啊!"都德命令道。

瓦尔特的手电筒照向墙壁。

"是刻的字。"他说。

都德开始念,一开始语气飘忽,念到后面越来越笃定:"我走……我走了……亲爱的……我走了……永远都不要忘记我……我也永远不会忘记你……你我会永远在一起,我们的灵魂会留在这里,留在这个属于我们的世界。在这里,我们总能找到彼此。"读完,他感叹道:"天哪!"

"这是什么?是有人写着玩儿的?"口香糖惊讶地问。

"不是,是她写的。"琳十分震惊。

"她是谁?"

"维塔,那个女孩。"琳回答,呆呆的有些出神。

"你怎么知道的?也可能是个男的刻的。"都德反驳。

"那是一首诗,对吧?一定是她写的。"

"为什么她要写在这里,而不是他们见面的地方,就是刻着美人鱼那儿?"瓦尔特平静地问。

"我不知道。可能这两处都是他们见面的地方吧。"琳猜想。

"可能他从这里进去,而维塔是从那边进去的。"都德继续说,"为了不让她父亲抓住。"

"对啊!"琳大喊,"可是为什么是一首离别诗?"

"一切都结束了。"都德嘲讽道。

"确实，她说她不会忘记，还说自己永远都会在这里。似乎是个悲剧。"瓦尔特有些疑惑不解。

"和人离别永远都是悲剧。"都德激愤地说。

琳分析说："瓦尔特说得在理，他们两个没有分手，应该只是发生了什么不幸的事。"

"可能是他甩了维塔，有了别的……"

"够了！"琳责备他，"就算你要笑话上面的文字，你也是知道他们之间发生了不幸，维塔走了，还说她不会忘记。你说呢？"

"我明白了。"都德严肃地说，"她是被迫离开的。她的'幸福家庭'把她送到了别处，也就是说，她和那个男孩被抓了个现行。"

"搞什么呀！这算什么？罗密欧与朱丽叶？"口香糖问。

"是，也叫罗慕洛。"都德冷笑，"'罗密欧，罗密欧，为什么你是罗密欧'，连猫都知道他叫罗密欧！"

"嗯，然后呢？"

"没有然后了。你觉得那些'幸福家庭'和凯普莱特家族不一样吗？得了吧，她家人不想让她见那个男孩，他叫什么来着？"

"马蒂亚。"琳回答。

"啊，对。所以让维塔离开，拆散了她和马蒂亚。"

"我说大家，我们最好离开这儿。"瓦尔特打断他们，"他们可能已经发现我们离队了。"

"没错。"其他人点点头。

他们沿着梯子往回走，重新淹没在酷暑中。

"可谁会到那儿去喝酒抽烟呢？"刚一出来，口香糖就问。

"这谁知道！"都德结束了对话。

他们往回跑，回到人群时，比赛仍热火朝天地进行着，但他们立马就被罗贝塔拦住："你们几个！你们躲哪里去了？"她正在等着他们，看起来非常愤怒。

"我们去看豪猪的足迹了。"都德语气坚定地辩解。

"你们知道吗？我差点给搜救队打电话！"罗贝塔咬牙切齿地小声抱怨，神情十分慌乱。

"可我们离开还不到半个小时！"

"不止半小时，比赛开始的时候我就看不到你们了。为什么四个人一起？你们去哪儿了？我要知道真相！"罗贝塔命令。

此时比赛仍在进行。有人开始往他们这边看，另外两个队长鼓励他们继续比赛，让他们重新组队，以免他们分心。

"我们已经告诉你了！瓦尔特带我们去看了豪猪留下的足迹。"

"还有一些矿石。"瓦尔特从衣兜里掏出一把石子，"褐煤、玉髓，这个是石英……"

罗贝塔脸上浮现出惊讶、疑惑和不信任，但看到面前的石头后，稍稍松了口气。"为什么你们四个去的？为什么你不告诉我们？为什么要偷偷离开？"她像机器人一样不断发问。

"可就在这附近。"瓦尔特辩解着，一只手做出含糊不明的动作。

"那时你们都要开始比赛了……"都德继续说，"我们可不想扫你们的兴。"

"瓦尔特带我们看了那些石头。"口香糖说。罗贝塔眯着眼睛，反问："不是说去看豪猪的足迹吗？"

"豪猪我们没找到，但我们找到了这个。"口香糖说着，从衣服口袋里取出一根长长的、浅黑色的针状物，其他几个人看得瞠目结舌。

"你在哪里找到这个的？"罗贝塔问。

"就在这附近的树林里。是豪猪身上掉下来的。"

听到这里，罗贝塔变得轻松起来，微笑着说："你们真把我吓得不轻。你们不应该直接就消失不见的，你们要知道，不管什么时候都要提前告知我们。"

"明白！"都德狠狠地点着头回答。

"没错！"连同琳也晃着脑袋。

"一定。"瓦尔特说。

罗贝塔刚走开，他们就瞪大眼睛问口香糖："什么时候？……在哪里？……"他们都结结巴巴。

"惊不惊喜，嗯？"她开心地回答，"我们去的时候我找到的，我知道这是豪猪的毛。"

"一根针。"瓦尔特解释。

"有点粗，像一根针。"她回答。

他们来和其他人会合，然而比赛已经结束了。每个人肩上都扛着一捆柴，踏上了回去的路。这次他们不像来时那样死气沉沉，在朱利奥唱出一首老歌后，他们备受鼓舞，也跟着唱起歌来。朱利奥唱完一节，他们就大声合唱副歌，歌声回荡在树林中，一直传到松树和圣栎树最高的枝头才消散，连枝头上的乌鸦都在静静地聆听樵夫们的脚步声。

8. 火花

　　和煦的风从海上吹来，少年们正在沙滩上为夜晚的篝火堆木柴。

　　"我们什么时候点火，队长？"塞缪尔问，他已经迫不及待了。

　　"晚饭过后，等天黑了。"

　　"那我们现在做什么？"

　　"有人想去水里玩就去吧，一会儿我们上去洗澡。"玛丽安娜提议。她凝望着平静下来的大海，海面镀着一层灰蓝色，犹如一块玻璃。"就算不点篝火，今晚也会比较暖和。"她预测说。她是对的，夜晚天气温热，大海像进入了梦乡，呼出的细小波浪，在沙滩上徘徊。然而少年们依然生气勃勃，为通宵达旦的盛大篝火激动不已。

　　"我们怎么点着火？这可是个巨大的柴堆！"塞尔乔抢在塞缪尔前面问。塞缪尔分外活跃，在柴堆周围跑来跑去，一刻也停不下来，像刚脱缰的马正在寻找正确的跑道。

　　"放心吧！"朱利奥向他保证，露出浅浅的微笑。

　　"好，可是拿什么来点火？你要用酒精吗？所以我们才要收集那些松果？罗贝塔捡小树枝了吗？"男孩提出一连串的问题。

朱利奥和塞缪尔忙得不可开交，有人却坐在不远处闲聊。都德正在向娜塔莎讲述他们下午的发现——灯塔女孩维塔和她遗失的爱人的神秘故事，玛莉卡和黛恩德蕾在娜塔莎身旁，听得津津有味。

"所以，你认为他俩分手是因为被人发现了？"了解事情的来龙去脉后，黛恩德蕾问。

"肯定是！"娜塔莎回答。

"我不知道你为什么这么说。"黛恩德蕾质问她，"你又不在现场。我们现在只是在猜测！"

"我就是知道，你还别不信。"娜塔莎一副心知肚明的样子，"她被逼无奈，不得不离开他，这种事我清楚得很。"

"但是谁会逼你呢？现在这年代，只要你不怕得罪人，就没有人能逼你。"黛恩德蕾反驳她，语气里带着挑衅的意味。

"那是你，现在还是有人会做这种事，这要取决于许多因素。"娜塔莎坚持自己的看法。玛莉卡接过话茬："可能你身上没发生过这种事，将来也不会发生。但是我的父母非常严厉，这种事情我也是知道的。"

"很普遍。"都德说，"你们知道吗？对于男孩也是这样。"

"我完全相信。"娜塔莎语气里带有一丝苦涩。

"但是琳、瓦尔特，为什么你们之前没叫我们一起去？"黛恩德蕾生气地问。

"不能把这件事告诉所有人，队长他们会发现的。"琳说。

"而且我觉得，也不是所有人都对这件事感兴趣。"瓦尔特意味深长地瞟了塞缪尔一眼。塞缪尔仍在火堆旁边乱喊乱叫。

"好吧，那个家伙是个大问题。"黛恩德蕾说。

"我觉得我们大家都差不多。"琳反驳。

"可你们先前应该告诉我们的。"黛恩德蕾说。

"那又能改变什么？这只是一段往事，都过去了。我们只是知道了一小部分，又没有全部弄清楚。"都德回答她，"可能和维塔在一起的那个人比她年长许多，所以她慈祥又帅气的父亲逼他们分手了。"

　　"或者那个人信奉别的宗教。"玛莉卡补充说。

　　"简直了！"娜塔莎大喊。

　　"哦，为什么不可能？我要是带一个外国人回家，比如阿曼德，他们非打死我不可。"都德开玩笑说。

　　"说的什么话！"黛恩德蕾脱口而出，"我们又不是活在中世纪，谁也不能阻止你。"

　　"那是你！"娜娜和都德异口同声地说，接着大笑起来。他们勾勾小拇指，娜娜说："你说了自己的心愿。"

　　琳皱皱眉毛："你俩真是一丘之貉。"

　　马克西姆突然扑到他们之中，差点倒在娜娜和都德身上。他大叫："你们怎么总是勾搭在一起？"

　　"你真粗俗！"娜塔莎抗拒着避开。

　　马克西姆溜到一旁，胳膊搂着都德。都德像被火灼伤了似的立刻推开他，而他却发出雷鸣般的笑声。

　　"喂，你们在那儿干什么？"玛丽安娜大喊。

　　瓦尔特神色变得愉悦起来，饶有兴趣地走向柴垛。"我觉得你不会用酒精来引火。"他说。

　　"那用什么？"朱利奥问。

　　"一种含有某些化学成分的固体燃料。"

　　"用一个词形容你，小鬼。"朱利奥大笑着从斜挎包里取出一个盒子，里面装着一些引火的小方块。

　　"小鬼？"塞缪尔继续在周围转来转去，"没听过。是什么东西？"

阿曼德也来到人群里："可以让我点火吗？"他毛遂自荐。

塞尔乔走过来，他刚和玛伍跳到水中游了一圈。和他俩一起的还有杰茜，她心情愉悦，身上湿答答的在滴水，她还牵着玛伍的手。

"你们两个有猫腻！"都德站在远处，指着杰茜和玛伍说，"看看人家，都公开了。"

杰茜和玛伍正在柴堆前烤火，彼此交换着眼神。

"他们俩可是年龄最小的！"娜娜叹了口气。

"你看吧，玛伍和我同岁。"马克西姆提醒娜塔莎。

"实际上，你更小。"她回答，不满地看了他一眼。

他嘲讽地反驳："可我一点儿都不小。"

"他俩只是比你们更真诚，不遮遮掩掩的。"都德直白地说。

娜塔莎冲他吐吐舌头："遮遮掩掩的是你才对！"

不一会儿，柴堆发出噼里啪啦的声响，火势逐渐变大，火焰如鞭子一般抽得柴火噼啪作响，向阴沉的天空照出一片亮光。翻卷的火苗像一条巨蛇抬起炽热的脑袋，哔哔地向周围喷吐火花。可怖的大火灼烧着树叶和松果，迸溅出高高的火星，金色的火舌倒映在海滨线上，似乎连大海都想点燃。

少年们个个都兴高采烈。阿曼德、塞尔乔、玛伍、杰茜和口香糖开始在篝火周围欢呼跳跃。

"不来一把吉他吗？"黛恩德蕾问玛丽安娜，队长正坐在一旁专注地盯着火焰。

"我们都不会弹。"

"可是我会啊！"女孩说。

"我们没有吉他。"队长简洁地回答。

"没有吉他的篝火，多悲凉啊！"女孩抱怨。

"可我们有这个。"朱利奥举起一本书说，"你们愿意的话，我可以给你们读点儿东西。"

"读什么？"都德问。

"帕斯科里^①的诗歌。"朱利奥说。

少年们意味深长地交换眼神，都德问："应景吗？"

"当然。"朱利奥回答。

那些蹦蹦跳跳的孩子也都跑到朱利奥身旁，随意躺下或坐下，也有的跪膝而坐，像从天空坠落的流星嵌入了沙子里。朱利奥声音铿锵有力，他深情地朗读：

> 没有灯光。但天空闪烁着
> 无垠的光亮。
> 地球疾驰在
> 潮湿的轨道，
> 独自麻木地转动
> 伤感永恒的烦扰。
> 转动着躲避火焰
> 刺入她胸口的利箭，
> 她因太空的寒凉而喘息
> 呼出粗重的蓝色气息。
> 如此，在浓密的蓝色中飞驰
> 她看见星辰的光阑
> 摇曳于宇宙的黑洞
> 她看见龙身颤抖的
> 绿鳞，御者挥舞的

---

① 乔瓦尼·帕斯科里（Giovanni Pascoli, 1885—1912），意大利诗人、文学评论家。

红鞭，弓箭手反光的

箭矢，王冠上醒目的

宝石，金色里拉闪动的

琴弦；雄狮警惕的

双眸与母熊惺忪的睡眼。

    少年们静静地听着，虽然不是每个词汇都能听懂，但他们明白诗人在谈他们头顶上的苍穹。旋律优美的古老诗句将他们俘获，正如那舞动的火苗吸引着他们的目光，照亮了每个人内心深邃、未知而隐秘的地方。

9. 娜塔莎

我恋爱了吗？我不知道。我对爱情一无所知。他喜欢我，他善良、温柔又可爱。

我喜欢看男人为我神魂颠倒，当他们对我说愿意为我做任何事时，真是令人兴奋。然而之后他们并不会去做，就像盖拉尔多。

他说爱我爱得发狂。一开始我很喜欢他，虽然他嫉妒心很强，会追问我同学的事情，但他总能给我一些惊喜，比如开着跑车到我学校门口，手捧鲜花。就这样，我的女友们对他的印象特别好！

"那个帅哥是谁啊？快说，是足球运动员吗？那辆是保时捷吗？问一下，你是在哪儿钓到他的？"

她们逼问我，逗我笑，我喜欢她们这样缠着追问我。

我从哪儿钓到他的？很简单。他是牙医，我去他那里做检查，很快我就发觉他总是跟着我。他问我到底有没有十四岁，说我不可能是这个年龄，可能我在说谎，要么就是我妈妈搞错了，我至少还要大两岁。我特别喜欢他看我的方式，他让我觉得自己很重要，让我觉得自己独一无二。他对我说，我是个迷人的女人，这话令我感到眩晕。从小到大，我就一直听别人说我可爱，但他们的语气总是那么和蔼而随和，他们只是在夸奖一个小女孩。而他却不同。他知道自己想要什么，他能得到所有想要的女人……他帅气、单身、有钱，还有一套宽敞的豪华公寓。

从那时起，他就开始对我进行短信轰炸。他在短信里写，我像公主一样迷人，迷得他神魂颠倒，他为我发疯发狂。我回复说，他很可爱，但是太言过其实了。不过说实话，我喜欢他写的所有情话，那些话令我兴奋不已，我感觉自己像在拍电影，他深深地爱上了我，在约会第一个夜晚，他就向我求婚。我把这件事告诉了女友们，还让她们看了那些短信。

"天啊，真性感！"拉娅称赞说。

读着盖拉尔多发给我的信息，我们都笑疯了。

我们会共进晚餐，但是我吃得不多。他注视我的模样以及和我讲话的方式让人难以忘怀。他跟我说了许多甜言蜜语，叫我迷人的小宝贝，不时地从餐桌的对面牵起我的手，亲吻一下。

他想带我去这儿吃饭，去那儿吃饭，但我只跟他去过几次。并不是因为我和女友们一样被禁止出门，我一直都有足够的自由去做自己想做的事。我只是觉得他带我去的一些地方让我很尴尬，每次都像是去参加盛典，很快我就开始觉得无聊。他总带我去非常别致、装潢得像博物馆一样的餐厅，餐厅里有水晶吊灯、烫金边的盘子和银质餐具，还有一名服务员目不转睛地盯着我们。夜晚总是以同一种方式结束：盖拉尔多对服务员心生妒忌，他对我说："看见他的眼神了吗？他老是盯着你，眼睛都不眨一下。"

总之，他变得不再开心，我的态度也强硬起来。我必须得穿着漂亮，但是最后又招来责备。大家都看我，都用眼睛扒掉我的衣服，都想霸占我，但那绝不可能，也毫无意义，因为盖拉尔多已经把他们解决了。

好吧，他突然出现在舞蹈学校门口，脸色忧郁，看起来像得了躁狂症，这让我觉得很厌烦。我厌倦了他谁都嫉妒，甚至连我呼吸的空气他都嫉妒。我知道他为我着迷，但他的爱太夸张了。于是，我直接告诉他，他太过分了，他应该让我喘口气，我需要个人空间。

一开始，他送我的礼物让我觉得自己幸福得像活在天堂，可我对那些礼物已经不感兴趣了……卡地亚手表或者古驰手提包，这些东西我都不会用。我讨厌提着阔太太的包逛街，我的女友们都觉得这是假包，是我在地摊上买的或者是偷的，谁知道呢！我确实背过两次，可那只是为了哄他开心。至于那个波迷雷特的戒指，真是倒霉透了，我不小心给弄丢了，但我都不敢告诉盖拉尔多。我记得我把它落在了衣帽间的长凳上，但我没有找到。我在秘书处和他们吵了起来，他们让我说话小心点，如果我指控他们谁偷窃的话，就算我是未成年人他们也会起诉我。到底丢在哪儿了呢？我当时就在想，那个海蓝宝石戒指，可能已经戴在清洁女工的手上了吧。

最后，我把丢戒指的倒霉事儿跟盖拉尔多坦白了，他脸色一下就沉了下来，气愤地对我恶语相向，说我不珍惜他送给我的东西，对我来说那就个玩具，我是个被宠坏的小女孩，从丢戒指这事儿，他就能看出自己在我心里的位置。我提醒他，他是牙医，不是心理医生，他立马变得怒不可遏。他的手忽然朝我挥过来，最后千钧一发之际重重地拍在了汽车的仪表盘上。他真的把我吓了个半死，当时我一句话也说不出来，他一个劲儿地向我道歉，然后像往常一样说："你看看你让我干了什么？你看看你是怎么把我逼疯的？"

我假装他说得有道理，向他道歉，并拥抱了他。

之后我直接去了学校真正的心理医生那里，痛痛快快地倾诉了一番。但是情况有些糟糕，因为妈妈插手了这件事情，得知盖拉尔多的年纪和她差不多时，她非常震惊。她没准在想盖拉尔多应该选择的是她，而不是我，毕竟在意大利，她这样一个单身女人，上有老，下有小，需要找个有钱的男人帮她减轻生活负担。当时，她呆呆地站在一旁，忍受着心理医生的那些话，仿佛一尊大理石雕塑。

但是一出校门，她就给了我一记耳光，对我大吼，说要把我送到摩尔达维亚的爷爷奶奶那儿去，这样我就不会把她逼疯，就不会再让她像现在这样脸面全无。我哭了起来，但她无动于衷，站在原地一动不动，铁了心要把我送走。所有人都只会把错推在我的身上，盖拉尔多是因为只想占有我，妈妈是因为我让她蒙羞。

我知道我也有错，但并不是心理医生说的那样。他谈到了老掉牙的"恋父情结"，他觉得我是在找一位父亲，因此，我更喜欢和比我年龄大的人在一起。我不知道他说的是不是真的，我也不知道自己是否需要一位父亲。

事实上，我已经不记得我的父亲了，他好像是个一无是处的酒鬼，我很小的时候，妈妈就离开了他。问题在于我在寻找某样东西，我不断寻找，但从来不会满足，我努力想过得更好，但是很困难。我想得到他人的宠爱。和马克西姆在一起时，情况也是这样。我就像鱼钩，他立马就咬钩上来了，就这样，我轻而易举就俘获了他。马克西姆是最可爱的，我想得到他。但他这个人和我很像，他不会对我说我让他疯狂，也不会说我逼他干这干那。他对我说，我是他的爱人，他会永远爱我。"永远"是一个美丽的承诺。灯塔里的那个女孩，她也落入了承诺的陷阱。她爱得如痴如醉，而他却消失了。谁知道是不是她的父亲赶走了她的爱人，总之，所有人都喜欢猜测别人的生活和爱情。可我知道，这些猜测总会消失在或大或小的混乱之中。

10. 马克西姆

我恋爱了，我确信，因为这是我第一次恋爱。一想到娜娜，我的心就躁动起来，这是我从未体会过的情感。就算她已经走远，我的鼻尖仍有她的余香，我发现我会做她所做的动作，说她所说的话。她太迷人了，她是世上最美的女孩，我的女孩。

天哪，我太幸运了!

我们的开始就像梦一样。刚到的那天晚上，见到她，我顿时心花怒放，不仅是因为她漂亮，还因为她很特别。她眼神深邃，笑容催人心魂。所有人都为她着迷，连女孩也不例外。如果非要找个词来形容她，那……我会说，冰清玉洁。我以前的女朋友都很古怪，她们每个人都有烦恼。可她不一样，她很自然，总是满面含春，她的气味清新怡人。白天，我尽量让自己分心，去想其他东西，去和男生一起玩儿，这样我就不会太过想念她。但是有什么用呢?我还不是像蜜蜂一样围着她转，因为她是一枝真正的玫瑰，我能怎么办呢?

她跟我说: "马克西姆，你别老在我身边盯着我，如果队长发现了，我们就完蛋了。"

她说得对，我一直在盯着她，但我根本没有察觉到。我的确该克制自己。

不过她胆子很大。几乎每天晚上我们都会溜出宿舍，偷偷跑去沙滩。翻过矮墙有什么难的？而且摸着黑我都记得住路。我迫不及待地想和她到下面的海滩去。我带上一张沙滩巾，我们躺在上面，仰望星空。

天哪，是不是难以置信？我像来了劳教所一样，但是和这样独一无二的女孩在一起，我觉得自己仿佛置身于天堂。这样的女孩，我连做梦都梦不到，太不可思议了。其实在白天，我们一起去沙滩，一起打球，吃午饭，坐船，这些我都觉得自己是在做梦。我感觉自己在一个虚拟世界里，在这儿我是阿凡达，无所不能。到了晚上，当我抱住娜娜，亲吻她，和她融为一体的时候，我又做回了自己。

塞缪尔就是个疯子，老是找麻烦。不用说，我们起过好几次冲突了。在大巴车上，他脑子就不怎么正常。他一直躁动不安，活动中遇到一点不顺就开始犯浑。他还想得到娜塔莎？真是个可怜虫！选择权在娜娜手上，我相信，我才是她最好的选择。我也明白，不会有什么差错，因为很明显机会属于我，只是都德出现后，事情便不一样了。都德总跟女生待在一起，他有一种优越感，看到他对娜娜献殷勤的时候，我都快气炸了。

我希望假期永远不会结束，我们就永远留在这里，留在这座远离世俗的灯塔里。守塔人知道，与家人来这里生活是最好的选择。因为在这里，你就是国王，你没有任何烦心事，没有人会伤你的心，也没有人会带走你的爱，而这些都同时发生在我家里。我爸发现我妈出轨了，家里炸开了锅，他甚至跑来把这事告诉我和萨莎。他痛哭流涕的样子真愚蠢！为什么要来毁掉我的夜晚？不过这是几年前的事了，我爸也找了一个女人。

天哪，我到底怎么了？我已经开始想假期结束后的事情了，我会回到乱糟糟的家里，见到妈妈，她巴不得我们都在外面，因为她已经不想再勉强维系这个家了。还有两年我就去工作了，她到底想搞什么？

这些破事儿想想就够了，我早把它们都抛在了家里。

我告诉娜娜，我很自由，我妈不关心我，我爸也不在，我家就是一团糟，但我爸的那一位跟我说，我随时都可以去她那儿，想去就去。娜娜说她妈妈最近有些焦虑，看她看得比较严。她妈妈之所以让她来这儿，是因为这是一个学习夏令营，有队长照看我们。

话说回来，平时我还挺讨妈妈们喜欢的，可能是因为我学的是厨师吧，如今这个职业还蛮吃香的。我说这话的时候，娜娜吃醋了！真令人难以置信！她沉下脸来问：“什么妈妈们？你交过多少个女朋友？”

天哪，她的表情也太可爱了！“什么呀，什么呀！”我说，“两三个吧，但都不是认真的。”我正想说出这句话时，突然记起了一首歌，于是我对她说：“没有人能代替你，你才是我永恒的爱。”

听到朱利奥读的诗，我整个人几乎都呆滞了。天哪，虽然不能全懂，但是我却非常激动。“朱利奥，你能再读一下最后一段吗？”于是他又读了一遍，这是他的工作：

> 当我们再次回首
> 心中燃烧的，天空闪耀的；
> 我们是善良的人类
> 听见微弱的尖叫，急促的呼唤，

和被掩埋的人的疑问：

我们回答："我活着，是的，我们活着。"

一切答案都在这首诗里。我们是善良的人类，我们活着，我们的心在燃烧。

11. 琳

　　我不行了，我突然大哭起来。刚开始，眼泪一流下来，我就马上擦掉，可后来心中似乎有什么崩塌了，一股势不可当的洪流由内而外狂奔。幸亏都德注意到了，他一只胳膊环在我的肩上，这样朱利奥队长就看不见我在哭。他的手搭在我的肩上，感觉很轻盈，我慢慢靠在上面。火焰刺伤我的双腿，眼泪灼痛我的脸颊。到处都有火，火花如同不安的精灵，在周围跳舞、尖叫。

　　从前，到了冬天，爸爸排练魔术的时候，家里的壁炉里总会点上火，有时候夏天也会。我家从来没温暖过，厨房下面的地下室尤其寒冷，我们还在那里放了一个水箱。爸爸就在壁炉这儿准备他需要火的节目。他像龙一样，把火吞掉，又吐出来。这个节目是爸爸新发明的，他不再满足于表演给小孩子看的魔术，而是想像训火师一样表演。那时，他正在准备一个精彩的晚会节目，想在特殊场合表演，比如城堡或别墅的晚宴上，或者盛大的聚会上。

　　"火可是有大作用呢！"他笑着说。

　　妈妈皱着眉头，她害怕火。如果她觉得一个节目很危险，或者会在家里引发事故，她就会反对。爸爸非常乐观，总拿妈妈的恐惧开玩笑，他说正是这种恐惧感吸引了观众。"强烈的情感，正是今天所需要的！"他说，口吻像讲台上的教授。

那天晚上的事我记忆犹新，一幕幕场景像电影一样浮现在我的眼前。那座白色的别墅，像只巨大的壁虎爬在小山丘上。天黑之前，我们乘自己的货车到了那儿，把道具卸下了车。夜幕一降临，花园里就亮起了上千盏明灯，大厅里的那些玻璃大吊灯也亮了起来，吊灯几乎布满了天花板。大家着装高雅，个个都穿着黑色的礼服，仿佛一个个影子，看不见身体。

我在厨房旁边的小书房里看着下面的情景，妈妈、妹妹和两个弟弟也在这里。他们叫我们待在那里，以免打扰厨房里承办宴席的人，也省得跟客人混在一起。可能没人会料到，魔术师会把全家人都带过来，但就像妈妈说的，我们一直是集体行动，而且那是爸爸烟火节目的首秀，我们怎么能缺席呢？吉尔才刚满四岁，我们也得带着他，不然我们能把他安置在哪儿呢？我们没有爷爷奶奶，也没有叔叔婶婶，就连能招待我们的朋友也没有，即便有，妈妈也不会把我们任何一个孩子交给其他人，况且还是晚上！我们四个从没在别人家睡过觉，我当时十岁，玛蒂娜八岁，更别说更小的雷吉和吉尔了。我也不记得是否有人邀请过我去他们家，但是那天晚上之后，我就意识到，我们在别人眼里非常奇怪，没错，因为爸爸的工作，因为我们住在农舍里，不是在乡下，而是在城郊。我发现了很多不成文的规矩，许多人为此感到震惊、害怕，甚至会退缩。有一处古怪也就算了，可有很多处古怪放在一起就不行了：魔术师称不上是真正的工作，只能算爱好，我爸爸有一大家子要养活，竟然会一直干这个；我们住在一座老房子里，没有自来水，好像还停留在中世纪，我们出行坐的是大篷货车，那车似乎也能追溯到汽车的中世纪；妈妈是外国人，大部分人不关心这点，但还是会有人留意，尤其看到我们几个孩子时，他们会问，你竟然生了四个孩子？如果妈妈回答，她本来想生六个的，那些人会迷惑不解地盯着她，问她这是不是她国家的文化传统。

"什么文化传统？"妈妈说，"所有人都生孩子啊，我喜欢小孩。"

问题的关键在于我们当时不是有钱人。现在也不是。

假如我们很富裕，即使我们再奇怪，也还是会招人喜欢，我们可以出于乐趣，出于时髦而选择自己想做的事情。我们可能会住在真正的乡村，家的四周会围着篱笆，就和这栋举行宴会的别墅一样，我们的农舍也就不会在城郊了。可事实上，我们住的这一小块废弃的地皮，城郊正迫不及待想要吞噬它，好新建一座漂亮整洁的现代化大楼。这些道理我是后来才明白的。那天晚上，我们来到那座灯火通明的别墅，高高兴兴地欣赏爸爸首次搬上舞台的精彩表演，在那之前，我只是个快乐的小女孩，我们一家人无拘无束，我们有一辆锈迹斑斑的大篷货车，有一个勉强温暖屋子的壁炉，还有一群野猫畏畏缩缩来吃妈妈留在碗里的食物，我们把它们都当成自己的猫。这一切都让我感到自豪。

深夜时分，别墅里的灯一一熄灭。花园里燃起一堆篝火，好像凭空冒出来的，火舌随着响亮的鼓乐起舞。随后，一个高高的黑色身影出现在篝火前，他朝观众走去，停下来张开双臂，两只手上一前一后都出现了火焰。火是蓝绿色的，像热气球一样飘在空中，突然地上又冒起一只火舌。那个身着黑衣，头戴礼帽，驾轻就熟地操控火焰的巫师就是我爸爸。我们走出房间，来到了花园，想更清楚地观看这场难忘的表演。

音乐声越来越大，火舌也随之越蹿越高，这时，爸爸转动着圆环，挥舞着短棒，将它们抛到空中，接着它们爆炸，变成了烟花。每爆炸一次，观众就会尖叫、鼓掌。爸爸是对的，大家的确会欣赏他的新节目，也会参与其中。随后他走近篝火，似乎想把手伸进火里，去抓住一团火焰，观众顿时惊叫、欢呼起来。观众一会儿惊恐万分，一会儿又如释重负，一会儿感到惊喜，一会儿又毛骨悚然。

但是妈妈害怕火，害怕新的节目，也是对的。爸爸的胜利之夜也是不幸而绝望的一夜。

"吉尔在哪儿？"妈妈问我，但我仍然着迷地盯着空中绽放的烟花玫瑰。

"不知道，刚才还在这儿呢。"我漫不经心地回答。

"玛蒂娜，吉尔在哪儿？"妈妈问。

"他刚才拉着雷吉进屋去了。"我妹妹说。

"那是之前他们想上厕所，我也跟他们一起去了。之后我们就回来了，吉尔是跟着你的，琳。"

"可玛蒂娜也在啊！"我辩解。

妈妈当时惊慌失措。她对着四周呼唤吉尔，然后说："你们两个去屋里找找，问问厨房有没有人看到他！我在外面找！"

爸爸节目的背景音乐声音越来越大，事态也愈演愈烈。我们在别墅的楼梯上大声呼唤吉尔，心急如焚。我们甚至开始大声咆哮。后来，花园里的灯点亮了，别墅的工作人员也开始呼唤吉尔，他们拿着手电筒在漆黑的路上寻找。警察到来之前，客人已经离开了，他们只好盘问留下来的人。我觉得放客人先走非常不明智，但要像电影里那样封锁别墅，拷问里面的人，又根本不可能。

可在我们的电影里，一切都搞砸了。吉尔失踪了，我们再也没能找到他。一个孩子不见了，他成了数百个凭空消失的孩子中的一员，这些孩子会被时刻埋伏在周围的坏人拐骗，全都是我这种人的错，因为我们马虎大意，为火着迷，对他们不管不顾。

不要放松警惕，不要相信他人，不能善良，不能慷慨，不能相信魔法。世界是头令人作呕的怪物，迫不及待地想要将你生吞。

12. 马蒂亚来了

一个高大强壮的身影出现在噼啪作响的篝火旁。朱利奥像弹簧一样轻快地站起来，朝那个面带微笑的男人走去。

"晚上好，我看见这边有火，就过来看一眼。"那人说。

孩子们狐疑地盯着他。

"这是我们点的篝火，放心，有护林员的准许。"朱利奥解释。

男人笑了笑，说："嗯，我想也是。这是学校的夏令营？"

罗贝塔和玛丽安娜起身向他走去，伸出手跟他打招呼，男人自我介绍说："马蒂亚。"

这个名字好像一声空袭警报。都德的胳膊搭在琳肩上，头一下就扭向那个男人。琳也突然转过头去，几个女孩恰好刚聊到维塔的神秘故事和她消逝的爱情，她们也纷纷转过头。瓦尔特本来直勾勾地盯着火焰，似乎正沉浸在自己的世界里，这时他也转过身来，阿曼德打量着新来的人，站了起来。大家都在审视这个男人，他穿着及膝的短裤，肚子鼓鼓的，头发呈灰色，火光映射在眼镜上，照亮了他圆圆的面庞。他微笑着站在那里，三位队长神情疑惑，等着他开口。不一会儿，男人开始观察围坐在篝火四周的少年，仍然微笑着。他看得十分入迷，仿佛见到了一群天使。

"对不起，打扰你们了。"

"没有，瞧您说的。"罗贝塔说，马上又问，"您怎么会到这儿来呢？"

"我住在这附近。"他说，然后又纠正道："我的农场离这儿有十几公里，叫弗拉戈纳拉。"

"啊，对，确实有这么一个农场。"朱利奥交叉着双手，脸上露出笑容。接着他伸出一只手，在空中挥舞一下，"我们路过的时候看到了。"

"您在散步吗？"罗贝塔又问。

几位队长看起来很热情，但其实很谨慎。

男人点点头。"偶尔我会来灯塔这边转转，但今天晚上我看见有篝火，就来看看。"

"这样啊。"罗贝塔说。

对话似乎已经结束了，但男人有些犹豫。

都德憋不住了，他站起身问："您是上一位守塔人卢齐奥的朋友吗？"

所有人屏住呼吸听着，只有塞缪尔正往海里扔石子。

男人皱起眉，但仍微笑着："不是。我认识他女儿，我们是朋友。"

都德抑制住获得胜利的激动，马上扭过头，意味深长地看着娜塔莎，她正跪坐在地上认真倾听他们说话。

"是维塔吗？"娜塔莎问。

听到这个名字，男人微微颤抖了一下，回答道："对，维塔。那时候我俩年龄差不多就你们这大。"

三位队长困惑不解地在一旁听着。

　　"您以前经常来灯塔这儿吗？"罗贝塔皱着眉头问。

　　"没有。维塔上大学的时候，我在工作，只是后来……"他抬起一只手，晃着脑袋，有些语无伦次，"事情过去很久了，都是年轻时候的事儿。"

　　"您住在农场吗？"都德问道，然后又纠正说，"也就是说，您以前一直住在那儿吗？"

　　"我离开过几年，但后来又回来了，现在在农场工作。农场是我自己的。"

　　"那维塔呢？"娜娜急切地想知道更多事情。

　　他摊摊手："她有时候会回来，然后会离开，继续她的事业。我最近联系到了她，我是在网上找到她的。她现在是驾驶员。"

　　"开什么的？汽车吗？"黛恩德蕾饶有兴趣地问。

　　"不，开飞机。几天前的晚上，她从这里飞过，发了条短信跟我打招呼。"

　　少年们惊异地互相对视着。

　　瓦尔特低声说："就是那架飞机！"

　　"我们那天晚上看到的那架吗？"塞尔乔也低声回问。

　　这时，玛莉卡问那个男人："那她①，就是维塔，她结婚了吗？"

　　马蒂亚仍然微笑着，头稍稍往后仰了仰："没有，我觉得没有。"

　　"那您呢？"娜娜追问道。

　　"孩子们，你们在问什么呢？"罗贝塔很惊讶。

　　但马蒂亚欣然回答说："结了，我当然结了。我有三个孩子。"

　　听见这话，几个少年脸上露出失望的神情。

---

① 意大利语中"您"和"她"是同一个单词，发音相同。

"他们几岁了？"塞尔乔问。

"比你们大，两个已经工作了，一个还在读书，还有两年就毕业了。"马蒂亚说。

"那，维塔知道吗？"口香糖也参与进来。

"嗯，我给她发过照片。你们生活在互联网时代，真的太好了。"

"所以你们现在是朋友，你们会聊天吗？"口香糖继续问。

"有时候聊，去年我去找过她，她教我女儿……"

"你把照片发给维塔的时候，她说了什么？"马克西姆打断他。

"她很开心，还祝福了我，说我有一个美满的家庭。"

"但是维塔还没有。"黛恩德蕾生气地说。

"这谁知道，她随时可以有。她现在才四十岁，又不是一百岁。而且她一直都那么年轻漂亮。"马蒂亚说。

"四十岁！"玛莉卡重复一遍，眼珠子都快掉出来了，她扭头看向朋友，看见她们也是满脸惊讶。

"为什么你们俩不私奔？"琳最后问。

男人紧盯着她，脸上写满了诧异、愤怒、怀疑、惊慌和不解，似乎心中各种矛盾的情感正在进行激烈的斗争。

此时罗贝塔来救场了，她斥责了几个少年："我再说一次，你们问的都是些什么问题？不觉得自己过分了吗？"

朱利奥看起来有些困惑，开口说道："孩子们，你们在想什么呢？"

"这是怎么回事？"玛丽安娜问道，不过她更像是在自言自语。她看着这群少年，他们拦住这个陌生人，问他一些私人问题，而这些问题好像除了队长，大家都知道。

"因为不可能。我们那时还很年轻，什么办法都没有。"男人回答说，他语调低沉，近乎呓语，"都已经过去很多年了。"

"这故事像童话一样，比如美人鱼梅鲁希娜的传说。"都德感叹道，他的话算是对其他伙伴的背叛。

马蒂亚把目光移到都德身上，脸上露出愉快的神情，提了一个令人欣喜又惊讶的问题："你们找到它了？"

"对，就在洞口，又不是什么秘密！"

"那是个悲伤的童话，但维塔喜欢。"马蒂亚说。

"但是我觉得，有人会悄悄摸摸地，从其他地方到那儿去，可能还时不时去那儿转一转，瞧一瞧……"都德挑衅似的抬起下巴，意味深长地说。

"那也不是什么秘密。"男人笑着说，此时，他的镜片上闪过一道火光，"有隧道从村子一直通到那里。"

"通到树林边。"都德继续说，而朱利奥惊讶地看着他。"是个好地方，适合安安静静地喝杯啤酒，读点儿古碑文也不赖……当然，我是开玩笑的。"

马蒂亚沉默不语，男孩的话触动了他。三位队长交换眼神，神情困惑而担忧。"孩子们，不要再打扰马蒂亚先生了！"罗贝塔厉声说。她客气地对马蒂亚说："请您原谅他们，他们总是对别人的私生活很好奇，您要是给他们点儿甜头，他们能问到明天早上。"

马蒂亚似乎回过神来："是啊。我该走了。抱歉打扰你们了。"

"哪里的话。"朱利奥笑着说，但语气很冷漠。

"再见。"马蒂亚和他们告别。

少年们一起说："再见！"他刚一走远，他们就开始窃窃私语。

"那人就是传说中的马蒂亚？"娜娜望着马蒂亚远去的身影，"维塔走了也挺好的。"

"其实，相比之下，维塔的爸爸可真是人中龙凤。卢齐奥多少岁了？有六十了吗？现在还是那么帅气！"都德说。

娜娜没有理会他的话，继续谈论马蒂亚："唉，但他最后还是安定下来了，他结了婚，把维塔忘了。"

口香糖做了一个鬼脸，说："好家伙，看来他根本不在乎维塔。"

"你们觉得呢？"玛莉卡说，"可他什么都记得，连美人鱼也记得！"

"因为他就住这儿，这鸟不拉屎的地方，原谅我的用词。"都德插嘴说，"维塔才是真的浑蛋，她当了飞行员，在全世界转，谁知道交过多少个男朋友。"

"有时候你真的很讨厌。"说着，黛恩德蕾便从沙滩上起身离开了。

几个女孩也跟着黛恩德蕾走了，气氛变得有些凝重。

"我说什么了？"都德感到很惊讶。

"你说什么了？"朱利奥回应了他一句，他像侦探一样靠近都德，"待会儿你们跟我解释一下，你们到底是怎么认识那个奇怪的家伙的。"

"可以啊，队长。"都德一边回答，一边望着成群离去的女孩，她们还拉上了弗兰，大家有的拉着手，有的搭着肩，一起朝灯塔走去。

13. 鲸鱼

　　橡皮艇在海浪间摇摇晃晃，大家安静地待在上面。少年们早上起得很早，加之船身不断摇晃，太阳炙烤着大海，他们大部分人都躺在船上昏昏欲睡。瓦尔特深信海豚会来，杰茜也满怀希望，玛伍和杰茜的想法一致，大概只有他们三个还没放弃。

　　"队长，我头痛！"口香糖抱怨说。

　　"得了吧，你可从来没头痛过。"朱利奥回答，他和玛丽安娜一边查看电子地图，一边小声地交谈。

　　"今天早上是真的痛，烦死了！我觉得好恶心。"她呻吟着说。

　　"振作点儿，你可以看看周围的景色，呼吸一下海上的空气，或者用冷水洗把脸……"罗贝塔关切地提了个建议。

　　"朱利奥，你确定你看对地图了吗？你看的该不会是墨西哥湾的地图吧？"都德挑衅地说。

　　朱利奥发出一声冷笑，回击："放心吧，错不了！说不定海豚会听到我们在说话，它们自己正忙得不可开交，才不想任由一群游手好闲的人围观自己，所以它们可能会在快到的时候改变路线。"

"海豚有什么可忙的？"塞缪尔坐起来问。

"首先得在海里捕食，它们也要吃东西。"玛丽安娜严肃地说。

"那我们还在这里干吗？"娜塔莎突然埋怨说，"我们不能到沙滩上去吗？那里至少还舒服点儿。"

"我们就待在这里，因为我是船长，我说了算。"朱利奥挖苦说，"至少在海上你们不会捣乱，不会到处乱跑，不会调查这里的居民。"

"而且我们都不知道你们是怎么做到的。"罗贝塔厌烦地说，"我们想知道你们干了什么，还得去问那个男人。"

"谁不让你们问了吗？"都德反问她，接着说，"我们不过是说了一会儿话，你们又不想和他说话！"

"看起来你们都知道得不少嘛，我就说嘛！"罗贝塔抱怨。

都德为大家辩解："因为，我们可跟你们不一样，我们有好奇心。我们只是问他是不是维塔的朋友，谁知道越聊越欢……竟然牵扯出一段亲密的友谊。"

朱利奥又说："反正我们要待在这里，因为船长和他的副手，也就是玛丽安娜确信，今天一定能近距离看到海豚。海豚肯定会经过这里，我们刚才看见，前面不远处有一大群沙丁鱼，这样的食物，海豚才不会因为我们的打扰就放弃呢。"

"了不起的海豚心理学家！"都德讽刺说。

"没错，是得学一点儿动物心理学。"玛丽安娜终于开腔了。

"队长，我喜欢研究动物。"口香糖说，"这难不难？"

"什么难不难？研究动物吗？我觉得非常有趣。"

"哎呀，口香糖，研究什么都不简单！"塞尔乔提醒她。

"没错，但是如果你感兴趣的话，就会心甘情愿地去做这件事。"杰茜说。

"是这样的。"玛伍支持杰茜的观点，此时杰茜的头正靠在他肩上。

"说得好！"都德讽刺似的恭维他们，"有什么事是你们俩心甘情愿做的吗？啊，对了，你是体操。那你呢，杰茜？"

"学习，我喜欢学习。"

"学习？"塞缪尔有些生气，"学什么？什么都学吗？"

"还有背书。"

"我觉得没什么不好的。我也背了很多东西，比如诗歌。"朱利奥说，"你们喜欢昨天晚上那首诗，对吧？"

"跟这有什么关系？"口香糖说，"你读的那首有点儿像戏剧。"

黛恩德蕾也参与进来："没什么好大惊小怪的。我也喜欢诗歌，有时候歌曲就是诗，很容易就能学会。杰茜说得没错。"

"啊，那当然。你们女性现在可是一条心。"都德摇摇头，"昨天晚上你们就是一起走的。"

"你们男性要是那样做，也没什么不好啊。"黛恩德蕾反驳说。

"男性，女性？你们在说什么呢？"玛丽安娜笑着问。

"是啊。"都德脸色变得阴沉起来，双手叉在胸前，透过深色的眼镜望着大海。

塞缪尔大叫："哎呀，口香糖，你为什么不研究青蛙眼啊？瞧瞧，这儿可有个好标本。"

口香糖做了个鬼脸，轻蔑地说："真可笑！"

玛伍不为所动，杰茜也毫无反应，他们好像没听到一样。

马克西姆挺身而出："你能别烦他吗？"

"你想怎么样？"塞缪尔怒火中烧。

"行了，行了……"朱利奥举起双手表示投降，"在船上，你们心情很烦躁。再过两分钟，我们就下水，和海豚友好相处。"

"这次它们也在骗你们。"马克西姆盯着海面说。

就在这时，黛恩德蕾大叫一声："下面！有东西！下面！"

瓦尔特马上站起来，橡皮艇晃得更厉害了。

黛恩德蕾指着海平面，说："它们在那儿！"

少年立马都来了精神，他们哪里顾得上危不危险，全都聚到船的一侧。

"别这样，别动！回到你们的位置！"朱利奥大喊，"船会翻的！"

"可我们什么也没看见啊！"口香糖叫喊道。

都德在船上站着，摘下太阳镜看了一下，又重新戴上："我觉得就是海浪。"

朱利奥早就拿着望远镜观望了，这时，他脸上露出笑容："你们好好看看，好好看看……"

娜娜惊呼："没错！它们在那儿！"

"对，是它们！那些是它们的背，不是波浪！"黛恩德蕾也惊呼起来。

口香糖大喊："哪儿呢？哪儿呢？"

弗兰尖叫起来，罗贝塔本想过去安慰她，但杰茜一把就抱住了弗兰，指给她看海面上的某处，那里黑色波纹此起彼伏。船上终于静了下来，所有人都睁大眼睛，紧紧盯着浮出水面、慢慢摆动的鱼脊。

"它们不是海豚！"玛丽安娜透过望远镜望着海面说。

"怎么不是？不是的话，那又是什么？"瓦尔特问。

罗贝塔一脸惊愕："是……鲸鱼！"

它们就这样来了。神奇的是，它们在距船艇几百米处翻腾，如同海中的巨石。

"这是……四头鲸鱼，一头幼鲸，三头成年鲸……"玛丽安娜说，因为太激动，声音断断续续的，"为什么我没发现呢？我还以为是海豚。但是它们……"

面对突如其来的意外，少年们大气都不敢出一下，有些人吓得坐回座椅上。在这些庞然大物面前，橡皮艇忽然变得又矮又小。

娜塔莎看起来非常惊恐："天啊，它们不会把我们的船打翻吧？"

"跟它们相比，我们小得像蚂蚁！"口香糖坐在船尾感叹。女孩都聚在一块儿，杰茜和玛莉卡紧紧护着弗兰。

"你们冷静点儿。"玛丽安娜试着安慰他们，"它们不会袭击人，它们只是好奇，想看看我们是谁，观察人类……"她自顾地笑了起来，一副深受启发的表情，继续自言自语道，"有一对母子，其他两个是成年鲸，它们肯定属于齿鲸亚目……"随后，她好像重新燃起了激情，赶紧去掏背包里的相机。

"齿什么？"马克西姆心烦意乱，他取笑玛丽安娜，"和牙医有关？"

少年们看起来困惑而不安。瓦尔特紧挨着朱利奥，阿曼德眼睛瞪得大大的，和塞尔乔一起坐在躺椅上，没有人坐在船边。塞缪尔大喊："它们想干什么？"

"它们现在游得很快，可能发现了猎物，也可能打算改变路线……可能它们在跟小家伙散步，一般情况下，它们会在海岸附近活动，而且游得更慢……"玛丽安娜终于掏出了相机，开始连拍。

都德挨着玛丽安娜，他看着鲸鱼，不断埋怨："天哪，什么怪物啊！也太大了，太吓人了吧，我的天啊！"

"它们的确是齿鲸……"玛丽安娜说。她转向马克西姆："实际上，这个名字和牙齿有关。因为它们拥有同齿形牙齿，也就是完全相同的圆锥形牙齿。"

"天哪，那它们会吞了我们吧！"都德感叹一声。

女孩们吓得同时发出一声哀号。

"怎么会，你说什么呢？你们放心。它们绝对不会伤人的！"

朱利奥拿着望远镜观察它们。"一共四只。你们看，它们在跟我们打招呼！"

鲸鱼向空中喷出水柱，少年都尖叫起来，是自由、欢乐和如释重负的声音。

"是鲸鱼！"黛恩德蕾欢呼，她非常兴奋，从人群中走到船边坐下来。

"鲸鱼！"其他女孩也跟着欢呼起来，她们挥舞着手向鲸鱼打招呼，冲着它们大喊："嘿，鲸鱼，嘿！"

鲸鱼似乎明白了她们的意图，开始回应她们，不断喷出高高直直的水柱。兴奋驱散了恐惧，所有人都坐在船边，开怀大笑。

朱利奥提醒大家："注意了，一只过来了！"

整条船上的人都兴奋起来："哪儿呢，哪儿呢？"他们等着鲸鱼从水面直接游过来，但一只鲸鱼潜入海中，一个又大又长的黑影出现在船艇下方，很快就游了过去，从另一边重新浮出水面，离他们非常近，它灰蓝色的身体上粗糙的皮肤也可以看得一清二楚。少年们惊喜万分，屏住呼吸。那只鲸鱼往空中喷出水柱和气体，水洒在橡皮艇上，仿佛下了一场"倾盆细雨"，淋湿了所有人，大家突然爆发出一阵惊呼和欢笑。

"鲸鱼的口水都喷我们身上了！"塞缪尔大喊。

"你得了吧，说不定能让你变得更好看呢！"都德愉快地对他大喊。

"这澡洗得！"女孩们尖叫着，"太爽了！""这是在欢迎我们吗？""真刺激！"

"天啊，毛巾都湿了！"马克西姆提醒大家。

弗兰瞪大眼睛看着鲸鱼，大喊："它在看我们，真的，就是那只！"

似乎确实如此。鲸鱼睁着圆溜溜的眼睛，好奇地围着船只转圈。它打量着人群，然后发出一声哨音，其他鲸鱼也向橡皮艇游来。它们一会儿抬起头，一会儿沉入海中，动作非常缓慢，尽量不漾起波浪。它们的眼睛看着少年，孩子们也注视着它们，看得既惊奇，又入迷。橡皮艇在水中晃动，大家都趴在船边，不但不再尖叫，反而寂静一片，几乎屏住了呼吸，生怕打破这一刻的魔法。

玛丽安娜小声提醒大家："你们看那条小鲸鱼！"

小鲸鱼游在大鲸鱼中间，眼睛盯着橡皮艇。"小鲸鱼！小家伙！"女孩们小声喊，"太温馨了！太棒了！"大家靠在船边，露出微笑，挥手与它告别："再见，小鲸鱼！"

每个人脸上都洋溢着快乐。黛恩德蕾和玛莉卡抱着彼此；马克西姆一只手环在娜塔莎的肩上，她的眼里浸满泪水；杰茜和玛伍手牵着手；朱利奥把手放在阿曼德和瓦尔特的肩上，让他们倚着自己。罗贝塔坐在弗兰和口香糖之间，搂着她们，非常感动。口香糖打了一个喷嚏，说："天啊，队长，我鼻子酸酸的，我想哭！"

"哭吧，亲爱的，我也想哭，太美了！"女人陶醉地说。

琳和都德坐得很近。"太壮观了！"都德嘟囔着，"你觉得怎么样？"

"天真无邪。"她轻声说。

"它是只小鲸鱼！"都德说着，瞟了琳一眼。她微笑着，嘴巴微开，眼睛明亮，面容似乎变得光彩照人。她着了魔一般朗诵起来："不谙世事的纯洁之人，不识错，不以为错，故不犯错。"

"琳……"男孩呼唤她，一只手抚摩着她的头，"琳，你还好吗？"

"他在看我，是他。"

"他？琳……他是谁？"

女孩笑着，仍然目不转睛地盯着那只湿润的眼睛，小鲸鱼睁着的眼仿佛也在端详她。她说："吉尔。"小鲸鱼潜入水中，又浮起来，少年们开始鼓掌。

"吉尔？"都德小声说，困惑不解地问，"谁？吉尔？"

琳点点头，仍旧微笑着，脸色平静开朗，她的眼睛清澈明亮，仿佛是被内心的光芒照亮了。"对，很像他，眼神一模一样。都德，是他，他来向我们打招呼了……"眼泪开始在她脸庞上流淌。

都德轻轻抚摸她的头，安慰她："那可不，"他低声自言自语，"一切都完好如初。"

"它是只纯洁的生命，原来纯洁还在。"

"琳，当然了。"

"纯洁是永恒的。"

14. 守护故事的灯塔

　　假期最后一天的下午，孩子们都在准备晚会。每个人都有任务，要么帮厨，要么在院子里忙活。

　　瓦尔特和马克西姆负责灯光和音乐；阿曼德、都德和黛恩德蕾负责挂彩旗。莫妮卡提议吃烧烤，她选出两位主厨——口香糖和塞尔乔，她觉得他们俩配合最默契，也是下厨的不二人选，相比起来，马克西姆虽然正在学厨师，但还不到火候，口香糖为她的新角色感到无比自豪。

　　"加油，我初中一毕业，就要去学美食品鉴，这就是我要走的路！"她激情洋溢地说，"天呀，你看着吧，我一定会当大厨的！"

　　"而且是星级厨师。"琳说。

　　"我以后只喝上等红酒！"口香糖说，"你相信我吗？"

　　"当然相信了，而且你还是生态学家。"

　　"不对，那叫酿酒师。"口香糖一本正经地纠正她。

　　"生态学家是研究动物的。"琳解释说，"你在橡皮艇上说过，你想研究动物。"

"对，那也很棒。但是我更适合做厨师，对不对？我还是说实话吧，我有点儿害怕那些鲸鱼。"

"我不害怕，它们很漂亮。"

"琳，我可以抱抱你吗？"

"当然可以。"琳有些惊讶。

"天哪，和你拥抱太幸福了。我们是闺密，对不对？"口香糖紧紧抱着她。

"喂，喂，现在就开始拥吻告别啦？"朱利奥说道，他抱着一大箱红酒，从她们身边经过，"晚点儿吧，晚点儿吧，现在还忙着呢！"

两个女孩开心地分开了。琳去帮黛恩德蕾挂彩旗。玛丽安娜拿来一些包装纸，给大家展示如何折花、鸟、鱼、海星和云朵。

"我一直以为你是科学家，没想到你还是艺术家。"黛恩德蕾夸赞她。

"过奖啦。"玛丽安娜谦虚地说，"我只是会做些手工活。艺术需要天赋和想象力。我的脑子更适合搞科学研究。"

"全是鱼和海星啊！"都德讽刺说。

"对，都德！"玛丽安娜承认，"艺术家会更有想象力。"

"我想成为一个艺术家。"黛恩德蕾说，"但我不知道我有没有特别的天赋。我父母试过让我去学芭蕾和音乐。但我觉得自己学不好。"

"我写诗。"琳告诉大家，从她的表情就可以看出，她后悔说出了这句话。

"真的吗？"黛恩德蕾非常震惊。

琳耸起肩膀："嗯，偶尔写，但是……这一点也不重要。"

"我觉得很重要！"阿曼德对她说。琳转过身，吃惊地看着他。男孩继续说："诗歌非常美，而且很有力量。我妈妈经常读给我们听。"

"好吧，但是不好意思，哎……诗歌在生活中有什么用？"都德挑衅似的，一边卷着彩纸，一边说，"诗歌就是多余的东西，不是吗？只有无所事事的人才写诗。"

"可能是吧，在我们国家，写诗的人都进了监狱！"阿曼德说。

大家沉默了一阵子。

"你说得对。"黛恩德蕾赞同他，"诗人都是反动分子。"

"你太夸张了。"都德反驳说，"有的诗人也为统治者写又臭又长的赞歌。不是吗？"

"看什么诗人吧。"阿曼德回答。

"而且诗能表达真正的情感。"黛恩德蕾说，她看着琳，希望得到认同，"你在这里也写诗吗？"

琳点点头，黛恩德蕾又说："那必须读给我们听听啊，如果能听一首，我真的会很高兴的。"

"我写的诗太怪了，有时候一行只有一个词。"琳说。

"真的吗？肯定很有意思！"玛丽安娜鼓励她。

"求你啦，琳，念一首吧。一首也行，求你啦！"

女孩垂下双眼，开始念：

　　永恒的

　　纯洁

　　宇宙的

　　动力。

大家沉默了一阵。

黛恩德蕾眨着眼说："太美了！"

都德连忙说："这就完啦？"

"闭嘴吧，真没文化！"黛恩德蕾训斥他。

"天哪，连自己的想法都不能说了？一点儿言论自由都没有了。亲爱的，你比暴君还专制。"

阿曼德举起一条透明的纸鱼："纯洁。"

"如果是纸做的，还不臭。"都德冷笑一声。

"跟大老粗谈艺术真是费劲！"黛恩德蕾皱着眉头说。

"他不是大老粗。大家也知道，他只是有点玩世不恭。昨天他已经读过这首诗了。"琳微笑着告诉黛恩德蕾，"他这个人，我还算了解一点儿。"

"你了解我？我不觉得。"男孩反驳，"总而言之，艺术总是需要鞭策，否则就成了口号。"

"都德，你知道你真的很讨嫌吗？"黛恩德蕾忍不住了。

"朋友，你唠叨好几遍了。"都德说。

庭院里彩旗飘飘，挂着一串朱利奥从橱柜里找到的彩灯，几盏聚光灯照在桌子上，两种灯光照得庭院格外明亮。大家对灯光师马克西姆和瓦尔特赞不绝口；晚餐主要是蔬菜和烤香肠，还配有口香糖、塞尔乔和弗兰在厨房准备的酱汁，大家为他们三个鼓掌欢呼，甚至在桌子底下跺着脚，发出隆隆声；塞缪尔、玛伍和玛莉卡上菜、收桌子，也得到了大家的感谢；还有娜塔莎和马克西姆，他们为晚会挑选了欢乐、悦耳的背景音乐。

"准备好玩游戏了吗？"朱利奥问。他想玩桌游塔布，塞缪尔大声说："不！只有你们才这么喜欢玩儿这个！"

但这一次，轻轻松松就分成了两支队伍，从第一组牌开始，少年们就兴致勃勃地融入游戏，因为彼此熟悉，配合默契，他们很快就猜出了词语。"瓦尔特喜欢……"

"夜晚？天空？……不，等一下，是天文学！"

"天啊，六分！"

"该塞缪尔了，塞缪尔快点儿！"

"很简单，昨天我们见过的！"

"鲸鱼！"

"厉害，两分！"

"黛恩德蕾，该你了。"

"这个有点难……嗯……冲浪最远的人……"

"加利福尼亚人？夏威夷人？"

"不是，更帅些。"

"澳大利亚人！"

"厉害，塞缪尔，两分！"

"等一下，你们也太快了，我计分跟不上！"朱利奥抱怨说。

"哎，队长，别扫兴！"

"琳，继续！"

"啊，这个都德知道。"

"我怎么知道？"

"你从小就喜欢的。"

"卡丁车！"

"不是，不是，一个人！"

"蜘蛛侠！"

"六分！啦啦啦！"

"现在该我了。这个很简单，你们听好了，玛伍会的东西。"

"体操！"大家异口同声地回答。

最后，一方以几分之差险胜另一方，两支队伍互相祝贺。

收拾桌游纸牌的时候，玛丽安娜提议说："我想让你们做一件特别的事情。这样，我们可以在灯塔留下回忆，可以吗？"

"那先听听是什么事。"都德谨慎地说，大家哄堂大笑。

"当然，先听听。"玛丽安娜回答，"希望你们会喜欢这个主意。我们留下一些信息，但我的意思是留下特别的信息。如果你们同意，就每个人都写点东西，写你们的故事，然后把故事留在灯塔。"她稍稍顿了一下，问道："你们愿意吗？"

女孩都同意这个做法，马上拿出纸笔开始写。

"那要是有人不想写自己的故事呢？"马克西姆问。

"那就写这次假期。别担心，不会有人给你们打分，不会有人做任何评价。"

"那让谁读呢？"

"如果你们愿意，就让我们看看吧。不过我们也可以不读，只把它们留在灯塔里，就像漂流瓶一样。"

"我更喜欢第二个主意。"塞缪尔说。

"为什么？我觉得让队长他们读挺好的。"娜塔莎说。

都德严肃地说："我觉得他们最好都别看，这样我们就可以想写什么就写什么。以后谁找到我们的信，谁就看我们的故事，好处就是，我们不知道谁会读它们。"

"知道吗，你说得很对！"马克西姆说，"我觉得这样可以。"

"我也同意。"阿曼德说。

"天哪！阿曼德竟然说话了！"都德说，"那就这么定了。"

"我可以把我的抄一份自己留着吗？可以读给朋友听。"玛莉卡说。

"我觉得大家最好遵守同样的规则。如果你们决定要写，并且要把它们留在这儿，不让我们之中任何一个人看，那再抄一份给别人看就不太好了。"罗贝塔回答。

"我们真的要写自己的故事吗？"

"反正都是假的，文字都是谎言。"都德说。

"简直了，你怎么会说出这样的话？"朱利奥饶有兴趣地问。

"不是我说的，是一个作家说的……那本书无聊得要死，但是这句话打动了我，说得还挺对。"他回答说。

"既然书里讲到的'书里写的都是谎言'是真的，那这句话就不是真的。这谜语真不赖。"黛恩德蕾反驳。

"能告诉我你们在说什么吗？"口香糖叹了口气，"我从头到尾都不知道你们在讲什么，真是的！"

"口香糖，这又不是课堂作业。"瓦尔特说，他已经密密麻麻写了半页。

半小时后，刮起了夜风，灯光在风中摇曳。少年们安安静静地伏案书写。第一个把故事交上来的是瓦尔特，黛恩德蕾、玛莉卡和阿曼德紧随其后，接着是塞尔乔和剩下的人。琳就在最后几个人之列。

"我们能相信队长他们都不偷看吗？"都德问，这时玛丽安娜正在收写好的信，她像卷纸莎草一样把纸卷起来，再用橡皮圈束紧，放进一个大瓶子里。

"怎么，你们还不信任我们？"朱利奥假装生气，问他们，"我们已经做了承诺，不是吗？"

"谁会找到这些信呢？"黛恩德蕾问，她一脸茫然地盯着瓶子，似乎不想和其他人一样，把故事留在这里，谁知道它会在那座灯塔埋没多久。

"当然是找这些信的人。"朱利奥神神秘秘地说，"可能一百年后，谁也说不准多久，他们会找到这些信，然后会想这些伟大的作家是谁，会猜测，在这个世外桃源，是不是有一所作家学校……总之是艺术家待过的地方！"

"得了吧，别开玩笑了……除了你们和我们，谁，谁会读这些信？"

玛丽安娜说："既然你们已经决定好了，那故事会留在这里，由灯塔守护，谁能找到这些故事，它们就属于谁。"

"守护故事的灯塔。"这是飘荡在夜空里的最后一句话。它们停在那里，仿佛悬在风中。

尾声

海浪打在礁石上，迸溅出朵朵浪花，仿佛就在我的床底翻涌。我辗转难眠，能听见口香糖沉重的呼吸和弗兰咿呀的梦语。黑暗中，我隐约看到一丝光亮穿过百叶窗，时断时续。是灯塔，我暗自惊异，它照亮了夜晚。但随后我又想，不可能。它已经熄灭很多年了。但灯光时而靠近，时而远离，好像宁静深夜里，无风的海面上微波在起伏荡漾。我在尝试入睡，但睡不着，我不断重复这句话，恰似这若隐若现的灯光。最后，我悄悄从床上起来，拿到触手可及的袜子，麻利地穿上，然后寻着忽明忽暗的光亮，走出了房间，没有发出一丝声响。黑暗并不是问题，因为对于走廊，我早已轻车熟路了，就算闭着眼睛都知道往哪走。我轻轻转动门把手，来到了院子里。

明亮的灯塔就在我眼前，此时的盛景美到令人窒息。在幽暗的黑夜洞穴中，塔灯仿佛一颗巨大钻石，璀璨耀眼。灯塔犹如一位强大无比、战无不胜的古代勇士，他挥舞着手中的利刃，劈开黑暗。白色光束扫过，海面瞬时波光粼粼，大海十分平静，似乎有一只强劲有力的手臂已将它征服。灯塔散发出无尽的光芒，好似一颗闪耀的星星，又像是一颗平静、沉稳的心，它是海岸上稳固、可靠的据点，在茫茫黑夜中，照亮黯然无光的大海，指引前行的方向，拯救一切。

今晚，谁点亮了灯塔？我要叫醒其他人吗？我这样想着，从这迷人的景色中清醒过来。我很害怕，但没办法大声呼救，我感觉喉咙干涩，好像再也发不出声音了。我不顾一切，径直向灯塔走去。灯塔的门是开着的，我克服恐惧，进入夜晚的寂静之中。强烈的好奇心诱使我走上了楼梯：谁点亮了灯塔？我不断思索这个问题，一阵战栗掠过我的脊背上。我到达空无一人的大厅，观察四周，一切都和上次参观时一模一样，只是塔顶的照明灯被一股神秘力量点亮了。借着时隐时现的灯光，我打开橱柜，装着我们信的瓶子就放在这里。我拿着瓶子踌躇片刻，然后将它放在地上，拧开了盖子。心脏又开始剧烈地拍打胸腔。我知道我违反了约定，但这些故事终究是要被某人读的。如果那个"某人"就是我，又有何妨呢？

打开一卷又一卷的信时，我的手不停地颤抖，但我让自己平静下来，借着头顶的灯光，安心地读了起来。我依然能听见心脏在怦怦作响，但此刻是因为这些故事让我激动不已。确实是他们，我的伙伴，可他们的故事却令我感到陌生。从此，这些故事再与他们无关，这只是陌生人留在这里的神秘见证。我独自一人在这里，坐在冰凉的地板上，为他们的故事发笑、感动和震撼。我怀着一种偷吃东西的罪恶感，贪婪地读了一封又一封，随后我匆忙拧好盖子，把瓶子放回原处。

我悄悄溜出灯塔，回到房间，如同夜里的一道黑影。我屏住呼吸，汗流浃背，庭院里露水很重，袜子早就湿透了。我裹在被子里，感觉浑身发冷，牙齿不停地打战，就像动画片里的人物。

没人察觉我偷偷出去过，就连平时最容易醒，几乎不怎么睡的都德也没发现。

我躺在床上，像得了感冒似的，身体一直发抖，我回想着那些故事，好像已经分不清那群人的面孔。我分成两半，转而支离破碎，幻化成我所有的朋友：都德、娜娜、口香糖、弗兰、瓦尔特……这种兴奋将后半夜变成了一个噩梦，令我心乱如麻，精疲力竭，一直到早晨，我脑海中的影片才画上圆满的句号。

我头很晕，艰难地起了床，大家都询问我有没有不舒服。我确信自己昨晚发过高烧，做了一场梦，还可能昏了过去。即使床尾那双湿透的袜子，也没办法将我带回现实，并说服我，那不是一场梦。

时间慢慢流逝，但是再也没有人提起过装信的瓶子。天知道谁找到了它，谁读了里面的故事……也许三位队长把它拿走了，也许清洁女工发现了它，然后把它扔掉了。瓶子里的那些故事之所以有魅力，是因为很可能不会有人发现它们。我不清楚我是真的读了那些故事，还是仅仅梦见自己读过。我只知道，那些故事随着某股神秘的海流漂到了我身边。虽然需要很长时间，但瓶子终究带着成卷的信纸重新浮出了水面，瓶盖自动打开，不仅纸上的文字飞扬而出，封存在瓶内的声音也传了出来，宛如开启窖藏佳酿时飘出的酒香。

生活十分复杂，我们能讲述的也只是其中微小的碎片。因此，我不太相信能够用语言来描述心情，来记录激动人心的时刻，来刻画苦痛与幸福。

我从未想过，我——琳，会成为这个故事，这个改变我人生的假期的见证者和讲述者。但天赋犹如潜游在大海深处的鲸鱼，它要呼吸的时候，会迅速上游，跳出水面，像鼓风机一样喷气，好奇地盯着你。那时，你要勇敢、惊异地看着它，直到它消失在水下。